陰陽師《おんみょうじ》

瀧夜叉姫《たきやしゃひめ》

上

夢枕獏

文藝春秋

目次

装画・装幀　村上　豊

陰《おん》陽《みよう》師《じ》

瀧夜叉姫《たきやしやひめ》・上

序ノ巻

一

夜——
牛車《ぎっしゃ》が朱雀大路を南へ下っている。
黒い雄牛の曳《ひ》く網代車《あじろぐるま》であった。
西の空に、猫の爪のような細い月が掛かっている。
供《とも》の者が四人。
牛を引く者がひとり。
松明《たいまつ》を持った者がふたり。
残ったひとりは、肌の色の白い、女のような面立ちをした童子であった。
童子は、素足である。
白い小袖を着て、長い髪を頭の後ろで束ね、背へ垂らしている。
表情がない。

黒い瞳を見ても、何を考えているのかわからない。
その眸《め》で、前方を見ながら歩いている。
もし、表情があるとするなら、血の色が透けて見えているような赤い唇であった。
その唇の両端が、わずかに持ちあがっているように見える。
それが、笑みと言えなくもない。
笑みだとしても、あるかなしかの、微《かす》かな笑みだ。
その童子の顔に、前を歩く男の持った松明の炎の色が映っている。
白い肌に、その色がよく映えて、童子の頬で赤い炎が揺れているようにも見えた。
童子は、さきほどから、前方——南の方角を睨《にら》むように見つめていた。
と——
前を歩いていた松明を持った男が、ふいに足を止め、片足を童子の足元に突き出した。
童子は、その足につまずいて、前のめりに倒れ込んだ。
「どうしたのじゃ、烏《カラス》の童《わっぱ》」
童子を転がした男が言った。
わざと足を出して、童子をつまずかせたのである。
「母狐が起こしに来るのを待つか」
もうひとりの松明を持った男が言った。
牛車が、ほとほとと音をたてて、童子の横を通り過ぎてゆく。
童子は、起きあがらなかった。

地に、両手と両膝を突いたまま、凝《じ》っと南の方角を見つめている。

「何故、立たぬ」

転ばせた男が、後方の童子を振り返る。

男の声が耳に届いているのか、いないのか、童子は、なおも南の羅城門の方角を見つめながら、

「あれが見えませぬか」

そう言った。

「あれだと？」

「何のことだ？」

足を止めて、ふたりの男は言った。

「何やら、あちらよりやってまいります」

童子は言った。

ふたりの男は、羅城門の方を見やり、

「何も来ぬではないか」

「また始まったか」

語気を荒らげて言った。

月が出てはいても、朔月《さくづき》に近い細い月だ。

月明りと呼べるほどの明りはない。

松明の灯りも、照らしているのはほんの数間ばかり先までであり、方角はわかるものの、行

手にあるはずの羅城門の影すらもさだかではない。

　三人を残し、牛車はゆっくりと先へ進んでゆく。

「忠行《ただゆき》さまに気に入られようと、またつまらぬことを考えているのではないか」

　童子に足を掛けた男が言った。

　もうひとりの男は、唾を吐いた。

　その唾が、童子の頬に当った。

　それをぬぐおうともせず、童子は羅城門の方を見やっている。

「剣呑《けんのん》なもののようです」

　童子は立ちあがった。

　ふたりの男を無視して、先に進んだ牛車に駆け寄った。

「何をする」

「この童《わっぱ》が――」

　男たちは童子を追ったが、童子はもう牛車に追いついて声をかけていた。

「お師匠さま、たいへんでございます」

　何やら、車の中で動く気配があって、

「むう……」

　うたた寝から覚めたばかりのような、男の声がした。

「何ごとじゃ」

「羅城門の方角より、怪しき雲気《うんき》が近づいてまいります」

「何!?」

簾《すだれ》が持ちあげられ、そこから、白髯《はくぜん》の老人の顔が覗いた。

牛車の進んでゆく方向を見やっていた老人の顔が、ふいに松明の灯りの中で強《こわ》ばった。

「む」

双眸《そうぼう》に厳しい光が宿っていた。

「車を停めよ」

低く、押し殺した声で言った。

牛車が停まると、老人は車から降りてきた。

「忠行さま、何ごとで——」

松明を持った男が問うても、老人は答えない。

老人は、牛車の周囲を舞うような仕種で歩きながら、地を踏んでゆく。

数歩動くたびに、片膝を突き、地に指先をあて、口の中で小さく呪《しゅ》を唱えている。

その作業がすむと、

「松明を消せ。動くでないぞ」

硬い声で言った。

「何ごとが——」

問う声を、老人は遮《さえぎ》った。

「説明をしている間はない。これより、わしが是《よし》と言うまで、声をたてるでないぞ。動いたり声を出したりしたら、生命はないものと思え」

それだけを言って、老人は唇を閉じた。

二本の松明が消えると、周囲にたちまち闇が押し寄せてきた。

互いの身体の輪郭が、どうにか見てとれるくらいであった。

聴こえるのは、横にいる人間の呼吸音ばかりである。

童子と老人には、近づいてくるものが見えているらしいが、三人の男には、それが見えない。

それでも、次第に闇に眼が慣れてくると、星明りでぼんやりとものの かたちくらいは見てとれるようになった。

南の方角に眼をやっていた男たちが、息を呑む気配があった。

三人の男たちにも、それがようやく眼に見えるようになったらしい。

はじめ、それは、青黒いもやのごときものであった。

もやもやと地上にわだかまった雲のようなもの。

それが、だんだんと近づいてくる。

わずかながら、その雲のごときものは、朧《おぼろ》な光を帯びているようであった。

近づいてくるにつれて、雲の中に何かが動いているらしいことが見えてきた。

さらに、それが近づいてくる。

雲の中に動くもののかたちが、だんだんと見えてくる。

それが何であるかわかった時、三人の男たちは、口から思わず洩れそうになった悲鳴をやっと呑み込んだ。

それは、無数の鬼たちであった。

ひとつ目の大入道。
脚が一本しかない犬。
双つ首の女。
足のある蛇。
手足の生えた琵琶。
角《つの》ひとつあるもの。
角ふたつあるもの。
牛ほどもある蝦蟇《がま》。
馬の首をしたもの。
這うもの。
踊るもの。
顔のないもの。
口だけのもの。
後ろに顔あるもの。
首だけで宙を飛ぶもの。
首長きもの。
ぬるぬるとしたもの。
長きもの。
短きもの。

翼あるもの。

足で歩く壺。

絵より抜け出した薄き女。

足なくして這う狼。

腕四本《しほん》あるもの。

目だま手に持ちながらゆくもの。

身体中に乳房ぶらさげたる女。

ありとあらゆる鬼たちが、ゆらゆらと踊りながら近づいてくるのである。

鬼たちは、手に手に、何かを持っている。

それは、人の腕であった。

それは、人の足であった。

それは、人の頭であった。

それは、人の鼻であり、耳であり、髪の毛であり、はらわたであり、心の臓であり、胃の腑《ふ》であり、歯であり、唇であった。

三人の男たちの膝が、がくがくと震えていた。

今にもそこにへたり込みそうであった。

近づいてきた鬼たちのひとりが、足を止めた。

「どうした」

後方から、ひとつ目の大入道が声をかけた。

「いや、さっきこちらに確かに人の姿が見えたような気がしたのでな」

足を止めた、一本角の鬼が言った。

「なに、人じゃと？」

大入道が言うと、その知らせが次々に鬼たちの間に広がっていった。

「人じゃと」

「人じゃと」

「人じゃと」

「人じゃと」

「人がおるのか」

「人がおるとな」

「おう」

「おう」

「おう」

やってきた鬼たちがそこに足を止めていた。

「はて、このあたりに見えたと思うたのじゃが」

一本角の鬼が、鼻をくんくんとさせて近づいてくる。

他の鬼たちも、同様に鼻をくんくんさせながら、寄ってきた。

「うむ、臭うぞ」

一本角の鬼が言った。

「臭うな」

「うん、臭う」

「臭う」

「人の臭いじゃ」

「人の臭いじゃ」

鬼たちが、すぐ眼の前をうろうろとする。

三人の男は、もう、生きた心地もない。

童子は、その鬼たちの姿を平然と眺めている。

その眼には怯えの色はない。

なるほど、鬼とはこういうものか――

そういう眼で鬼たちを眺めているようであった。

「牛の臭いもするな」

一本脚の犬が、人の言葉で言った。

「おう、牛の臭いもする」

「うむ、する」

鬼たちは、限りなく近くまで寄ってくるが、老人が張ったらしい結界の中までは入ってこない。

その時――

鬼たちに怯えた牛が、ひと声鳴きあげた。

「おう、牛じゃ」
「何だ、こんなところに牛がおったぞ」
たちまち、わらわらと鬼たちが牛にたかって、
ぶつり、
ぶつり、
と牛の肉に啖《くら》いついた。
ぞぶり、
ぞぶり、
と牛の血が吸われる。
牛は、身を揺すりながらしばらく声をあげていたが、すぐにその声も聴こえなくなった。
あとは、山のように群がった鬼たちの身体の下から、ひしひしと牛の肉やはらわたを啖う音が響いてくるばかりである。
ごつん、
ごつん、
と、牛の骨が嚙み切られる音。
ごりごりと骨を嚙む音。
やがて、鬼たちが離れると、さっきまでそこにいた牛が跡かたもなく消えて、地面に血の染みが残っているばかりとなった。
「さあて、人はどこかな」

「どこにおる」

また、鬼たちがあたりを捜しはじめた。

顔を近づけ、

「はああっ」

血生臭い息を吹きかけてくる。

その時、ついに、

「あなや！」

男たちのひとりが、恐怖に耐えられず、声をあげていた。

さきほど、童子に足を掛けて地に転がした男であった。

「おう、いたぞ」

「そんなところにおったか」

鬼たちが声をあげた。

「わああ」

声をあげて逃げようとしたところを、上から伸びてきた大入道の右手に襟首をつかまれていた。

あっという間に、結界の中から外へつかみ出されていた。

「おう、人じゃ」

「うまそうじゃ」

「啖うてしまえ」

「啖うてしまえ」
鬼《かつ》たちが、わらわらと男にむらがった。
渇、
渇《かつ》、
鬼たちが、男を喰べてゆく。
双つの目だまを吸われた。
尻に口をあて、はらわたをそこから吸い出して喰べるもの。
指先から、こりこりと骨ごと齧《かじ》ってゆくもの。
「ひいいいっ!!」
高かった男の悲鳴が、すぐに弱よわしいものになり、消えた。
男が喰われてゆく光景を、童子は動揺を毛ほども見せずに眺めている。
なるほど、鬼とは人をこのように啖うのか。
そういう眼であった。
こり、
くちゃ、
くちゃ、
と骨ごと肉を喰われていた音が、やがて止んだ。
「うまかったたな」

「ああ、うまかった」

鬼たちがそこから離れると、さっきまで男が着ていた小袖の切れ端と、地面の血溜りがわずかにそこに残っているだけであった。

肉、骨のみならず、髪の毛から歯まで全て鬼に喰われてしまったのである。

「しかし、まだ人の臭いがするな」

「うむ、する」

「どこぞに、まだ、人がおるぞ」

「しかし、見えぬ」

「見えねば、しかたあるまい」

「うむ、しかたがないな」

「しかたない」

「しかたない」

鬼たちは、ひとり、またひとりと、童子たちの傍《そば》から離れてゆき、やがてまたやってきたのと同様に、人の手や足を持って、北に向かって朱雀大路を上っていったのであった。

鬼たちの姿が、完全に見えなくなってから、

「もう、よいぞ」

老人が言った。

その声を聴いて、ふたりの男は、そのままそこにへたり込んでいた。

童子は、表情も変えずにそこに立っている。

「おまえのおかげで助かった」

老人は、ほっとした声で言った。

「晴明《せいめい》、おまえが教えてくれねば、今ごろ我らの生命はないところであった――」

老人、賀茂忠行は、童子に向かってそうつぶやいていた。

二

朱雀門の下で、ひとりの老人が横になって眠っている。

ぼうぼうと伸びた蓬髪《ほうはつ》は、半分以上がもう白くなっている。

髯《ひげ》も伸び放題であった。

ぼろぼろの水干《すいかん》を身に纏《まと》っていた。

汚れ、あちこちが破れている。もともとは白い色をしていたらしいが、そのもとの色が想像できないほど、汗と土埃《ぼこ》りとで汚れていた。

老人が眠っている朱雀門の軒下《のきした》まで、やっと星明りが届いている。

しばらく前まで西の空に掛かっていた細い月は、もう山の端《は》に没しかけていた。

天の川が、綺麗に見えている。

ほんのりと白い天の薄明りが、かえって朱雀門の闇の濃さを際立たせているようであった。

その下に横になって眠っている老人は、そこだけ、人のかたちに濃く闇がわだかまっているようにも見えた。

いくつかある柱のどれかの根元に虫がいるらしく、その鳴く音《ね》が小さく響いている。

老人は、素足であった。

両の脛《すね》から下がむき出しになっている。

と――

ふいに、小さく老人が身じろぎした。

それまで閉じられていた瞼《まぶた》が開かれた。

黄色く光る老人の双眸が、その下から現われた。

老人は、ゆっくりと身を起こした。

柱の根元に尻をあずけ、老人は顔をあげた。

眼の前に、朱雀大路が見えている。

その朱雀大路の向こうから、朱雀門に向かって、上ってくるものがあった。

もやもやと地にわだかまった黒い雲を自身の身体にまとわりつかせながら、それが、近づいてくる。

腰を下ろしたまま、老人の、炯々《けいけい》と光る眼が、それが近づいてくるのを眺めている。

「鬼か……」

老人は、低い声でつぶやいた。

百鬼夜行――

無数の鬼たちが、朱雀大路を南から北へ上ってくるのである。

そのまま上ってくれば、ちょうど老人のいる朱雀門までやってくることになる。

ひとつ目の大入道や、巨大な蝦蟇《がま》。

一本足の犬や、双つ首女たち。

一本角、二本角の鬼。

それらが、だんだんと老人のいる朱雀門に近づいてくる。

鬼たちの多くは、頭や、腕や、脚、内臓——ばらばらになった人間の身体の一部をその手に持っている。

鬼たちが近づいてくるのに、老人は逃げようともしない。

腰を下ろしたまま、両肘を両膝の上に載せ、花のように開いた両手の上に顎を載せ、興味深そうに鬼たちの近づいてくるのを眺めている。

とうとう、鬼たちは、朱雀門の前までやってきて、そこで足を止めていた。

「おい、人の臭いがするぞ」

そう言ったのは、ひとつ目の大入道であった。

「なに、また人がおるのか」

「うむ、臭う」

一本脚の犬と、二本角の鬼が言った。

「確かに臭うな」

「うむ、臭う」

「臭う」

鬼たちが、また、鼻をくんくんとやりはじめた。

それを、おもしろそうな顔で、老人が眺めている。

近づいてきた、大入道が、

「わ、ここに人がおったぞ」

驚いたように言った。

「なに」

「なに」

「人がいたか」

「いたか」

鬼たちが、わらわらと、朱雀門の下に集まってきた。

老人は、口の両端を持ちあげて、にんまりと笑った。

「おう」

大入道が声をあげた。

「これは汚ない爺《じじ》いじゃ」

「爺いがここにおるぞ」

「しかも、こやつ、笑うておるではないか」

「うむ、笑うておる」

鬼たちが口々に言った。

「何故、逃げぬのじゃ」

「奇妙な爺いじゃ」

双つ首女が、交互に言った。

「臭うな……」

ぼそりとそう言ったのは、老人であった。

「臭うぞ。おまえら、どこぞで人を啖うてきたな」

老人は、黄色い歯を見せて嗤《わら》った。

「おう」

「いましがた、牛を一頭と、人ひとりを啖うてきたばかりぞ」

「ぬしも、啖うてくれようか」

鬼たちが言うのに、

「やめておけ……」

老人は、ゆっくりと立ちあがった。

立った姿を見れば、腰もまだ曲がってはいない。

初老の男だった。

頭と身体をぼりぼりと掻《か》きながら、

「わしは、美味《うま》くないぞ」

老人は鬼たちに向かって言った。

「牛一頭と、人ひとりでは、まだ喰い足りぬ——」

「おう。まだ、我らの腹はくちくなっておらぬ——」

鬼たちが老人に迫ろうとすると、

「わかったぞ」

声をあげた鬼がいた。

馬の首をした鬼であった。

「こやつ、あの爺いじゃ」

「なに!?」

「いつであったか、冥界まで小野篁《おののたかむら》殿とやってきて、我らをたぶらかしていった爺いぞ——」

「おう、あの時の爺いか」

鬼たちが、何か思い出したらしく、ざわめきはじめた。

「名は、何であったかな」

「確か、道満《どうまん》——道満とかいうのではなかったか」

「蘆屋《あしや》道満ぞ」

「おう、道摩法師か」

鬼たちが声をあげた。

「こやつ、このわしに化けて、冥界に潜り込みおったのよ」

馬の首をした鬼が言った。

「古い話を、よう覚えておるわ」

老人——蘆屋道満が言った。

「おう、この道満めには、このわしもひどい目におうたことがある」

足のある蛇が言った。

「おれは、十日も飲まず食わずで働かされて、何も礼をもらわなかったことがあるわい」

二本角の、赤い鬼が言った。

「わしもじゃ」

「わしもじゃ」

そういう者たちが、ふたり、三人と現われた。

く、
く、
く、
と、道満は低い声で嗤った。

「許せ許せ。それはすまぬことをしたなあ――」

「何を言うか。ちっともすまぬと思うてはおらぬくせに」

「かまわぬ。今は、こやつはただひとりじゃ」

「喰うてしまえ」

「骨も残すな」

鬼たちが迫ろうとしたところへ、

「やめとけ、この爺いは喰えぬぞ」

一本角の鬼が言った。

「この爺いに関《かか》ずらっているより、我らは我らの仕事をすませることが先じゃ」

「いや、聴かぬ」

「こんなによい機会がまたあるとも思えぬ」

「今、喰うてしまえ」

「おう」

鬼たちが、道満に襲いかかろうとしたその時——

いきなり、鬼たちと道満との間に出現したものがあった。

右手に、抜き身の大剣を下げ、戦《いくさ》装束に身を包んだ毘沙門天《びしゃもんてん》であった。

身の丈《たけ》、九尺。

鬼たちは、

「わっ」

と声をあげて、後方に跳びすさった。

鬼たちは一瞬怯《ひる》んだが、全ての鬼がそうだったわけではない。

「なんの、毘沙門天が、こんな下衆《げす》のために姿を現わすはずなどあるか」

「いずれ、道満のまやかしぞ」

二本角の鬼と、一本脚の犬が言った。

「たぶらかされるなよ」

宙を飛ぶ首が叫んだ。

その時、また、ふいに毘沙門天の横に出現したものがあった。

持国天《じこくてん》である。

持国天も戦装束に身を包んでいた。

しかし、その手に持っているのは、剣ではなく桃の実であった。

「わっ」

「むむ」

「持国天殿は、桃をお持ちでござるぞ」

鬼たちが後ずさる。

「どうした、やらぬのか」

道満の声が響く。

「お相手は、この二天様ぞ」

毘沙門天と、持国天が、ずいと前に出る。

「む」

「むむ」

「むむむ」

鬼たちも、道満に向かって飛びかかりたいのだが、それができない。

「やめいやめい、こんな爺いに関わっておったら、なることもならぬぞ」

一本角の鬼が言った時、毘沙門天が、持っていた剣を振りあげ、横に振った。

「わあ」

「おう」

鬼たちは、声をあげて跳びのき、何人かはもう西に向かって走り出している。

ひとり、ふたりと鬼の数が減ってゆく。

「くそ」

「し、しかたない」

「今夜のところは見逃がしてやろうではないか、道満」

道満に向かって飛びかかろうとしていた鬼たちが言った。

その間にも、もう、鬼の数は半分に減っている。

「いつか、必ずおまえの肝《きも》を啖うてやるからな」

「その目だまを吸うてやるわ」

残った鬼たちは、そう言って道満に背を向けた。

わさわさと鬼たちが移動してゆく。

西へ向かって。

しばらくすると、いつの間にか、鬼たちの姿はどこにも見えなくなっていた。

ふ、
ふ、
楽しそうに笑って道満が右手を伸ばすと、毘沙門天と持国天の姿が、ふっ、とそこから消えていた。

差し出した道満の右手の中に、二体の、小さな木彫りの毘沙門天と持国天の像が載っていた。

その二体の像を、道満は懐《ふところ》の中に隠し、

「やれやれ、眼が覚めてしまったな」

まだ笑みを浮かべた唇でつぶやいた。

見あげれば、天の川が中天にかかっている。

さっきまで横になっていた場所までもどろうと足を動かしかけた時、道満はその動きを途中で止めていた。

さっきまで鬼たちが群れていた、朱雀門前の土の上に、何かが落ちているのを眼にしたからである。

一歩、
二歩、
三歩歩み寄って、道満はその前に立ち止まった。

「これは――」

人の腕であった。

色が変わり、腐りかけた一本の人の右腕。

鬼たちが持っていた、ばらばらになった人の身体の一部であった。

それを、逃げる時に、鬼たちのひとりが落としていったのであろう。

「ふむ」

道満は、何を思ったか、身をかがめて、その腕を拾いあげた。

両手で持ったその腕が、道満の手の中で、もぞりと動いた。

その手が、いきなり、道満の左腕に摑《つか》みかかってきた。

爪の伸びた指が、嚙むように、道満の腕の肉の中に潜り込んできた。

「むう――」

道満は声をあげた。

そして、道満は、その腕を抱えて静かに、低い声で笑い始めたのであった。

く、
く、
く、
というその笑い声が、だんだんと大きくなってゆく。

「そうか」

と道満は言った。

「そうか、ひもじいのか」

道満は、その腕に向かって言った。

「我が肉でよければ、啖うがよいぞ。おう――」

ぞっとするほど嬉しそうな声を、道満はあげた。

「おう、可愛いやつよ……」

巻ノ一　ものの怪《け》祭

一

夜具の上に仰向けになって声をあげているのは、藤原《ふじわらの》治信《はるのぶ》である。

苦しそうに身をよじり、歯を喰い縛っている。その歯の間から、呻《うめ》き声が洩れる。

顔が歪んでいるのは、苦痛をこらえているからだ。

枕元に点《とも》した灯火が、歪んだ治信の顔にてらてらと赤く映って、凄まじい顔になっている。

腹が大きく膨《ふく》れあがり、着ているものの合わせ目がずれて、肌が見えそうになっている。

治信は、右に首を振り、次に左に首を振り、両手と両足を、絶え間なくもじもじと動かしていた。苦痛のあまりに、自然にそのように手足が動いてしまうらしい。

歯を嚙むのをやめる時は、大きく呼吸をする時だ。時おり、口を開き、ひゅうほう、ひゅうほうとせわしく息をして、また、歯を喰い縛る。

家の者が何人か、仰向けになった治信を囲んでいるが、どの顔も、治信の表情が移《うつ》ってしまったように、いずれも歯を嚙み、唇を歪めている。

治信を囲んでいる者たちの中で、唇に笑みを浮かべている者が、ひとりだけいた。

家人ではない。

家の外の人間である。

その人物の唇だけが、どこか楽しそうに微笑しているのである。

老人であった。


「おう」

老人は、枕元に座し、治信を見下ろしながら声をあげた。

「これはまた、なんともみごとに大きゅう育ったことでござりますなあ」

白髪、白髯《はくぜん》。

髪はぼうぼうと、蓬《よもぎ》のごとくに伸び放題であり、髯《ひげ》は髯で、また胸近くまで伸びている。

ぼろぼろの水干《すいかん》を身に纏《まと》っている。

もとは白かったらしいが、今は、もとの色が想像できないくらいに汚れている。

身体の周囲には異臭が漂っている。

乞食のようにも見えるが、そうではない。

物乞いにしては、態度が堂々としており、少しも卑屈なところがない。

炯々《けいけい》と光る眼をしていた。

老人——蘆屋道満であった。

「ようござりましたなあ、このわしがおって——」

道満は、上から治信に声をかける。

「そこらの陰陽師や呪言師では、これを落とすことはできませぬ」

道満は、治信の腹に手を伸ばし、

「失礼」

着ているものの合わせ目をくつろげた。

ぱんぱんに膨れあがっている腹が露わになった。

その腹の中に、何か生き物が入り込んでいるかのように、表面の肉が、
もこり、
もこり、
と動いている。

道満は、手で腹の表面を撫で、

「よしよし、今、お楽にしてさしあげまするぞ」

笑った。

はっきり、それとわかる笑みであった。

自分の脇に置いていた襤褸《ぼろ》に包まれているものを引き寄せ、膝先に置いて、結び目を解きはじめた。

襤褸を開くと、中から、茶色い獣毛に覆《おお》われたものが現われた。

生臭い、いやな臭いがぷうんと鼻をついた。

澄《す》ました顔で、道満はそれを手に取った。

「そ、それは何でござります？」

家人が、道満に声をかける。

「牛の生皮でござります」

「牛の生皮？」

「生きたままの牛の皮を剝《は》ぎ、袋にしたものでござりますよ」

平然と道満は言った。

「な、な――」

家人たちの眼つきが、怯えたものになる。

しかし、道満は、少しもかまわない。

「内側は、まだ血で濡れておりますれば、血でこちらを汚すことになるやもしれませぬが、よろしゅうござりまするな」

家人たちは、声もない。

「よろしゅうござりまするな」

念を押すように道満は言った。

光る目で、道満は、治信を囲んだ者たちをぎろりと睨んだ。

「は、はい」

気圧《けお》されて、家人たちがうなずく。

道満は、左手で牛の生皮で作った袋を持ちあげた。よく見れば、袋の口は、紐《ひも》で結ばれている。その紐の端を、道満は右手に持っていた。

紐は、かなり長い。

道満は、天井を見あげ、

「おう、ちょうどよいところに梁《はり》がある」

つぶやいて立ちあがった。

ひょい、と右手に持った紐を投げあげると、紐は梁の上をくぐって端が下に落ちてきた。

その端を手に取り、紐の長さを調節すると、袋はちょうど治信の腹の上一尺あまりの宙にぶら下がった。

袋の大きさは、人の首がふたつほど入ってややあまるくらいであろうか。

しかし、しぼんでいて、中に何かが入っているようには見えなかった。

「これは、中に何か入っているのでござりますか」

家人のひとりが、おそるおそる訊ねた。

「まだ、何も入ってはおりませぬ」

道満が言った。

「これからでござりますよ」

道満は、座した。

「さて——」

道満は、ちょうど眼の高さにぶら下がっている生皮の袋に眼をやった。

「そろそろかと思うが……」

道満がつぶやいた時、袋の底のあたりから、ぽたりと治信の腹の上に、何かが滴《したた》った。

血であった。

血が、腹の上に落ちたその途端に、ざわり、と腹の肉がぞっとするような動きを見せた。

落ちた血が、腹の上で、ぐつぐつと煮えたように泡立ち、見ている間に腹の中に吸い込まれて消えた。

「ほう、ほうほう……」

道満が、嬉しそうな声をあげた。

「なるほど、なるほど——」

道満は、懐に手を入れて、そこから五本の針を取り出した。

長さ、六、七寸の針であった。

その五本の針を、左手に持った。

と——

その時、また、袋の底からぽたりと腹の上に牛の血が滴った。

袋の中で血が下がり、底に血が溜ったのか、
ぽたり、
ぽたり、
と、たて続けに血が腹の上に落ちはじめた。

道満は、右掌を腹にあて、その血を擦《す》り込むように腹の上に広げた。

道満の掌の下で、治信の腹が、ぐねりぐねり、もこりもこりと、激しく動き始めた。

血を塗りたくるそばから、血は腹の中に消えてゆく。

治信は、白目をむいて呻いている。

見ている者の息が止まっている。

言葉もない。

「そろそろかな」

道満はそう言って、右手でぽんぽんと治信の腹を叩き、

「我慢なされよ」

そう言って、右手に針を一本握った。

それを、治信の下腹——臍《へそ》の下二、三寸の所へぷっつりと刺した。

「な、なにをなさる」

家の者が声をあげた。

「しんぼうしんぼう」

道満、にいっと笑ってその笑みの中へ、残った四本の針を横咥《よこぐわ》えにした。

口より一本の針を引きぬき、

「吩《フン》！」

それを今度は臍の上三寸のところに刺した。

さらに二本の針を、臍の左右に刺し、臍を四本の針で囲った。

残った一本の針を右手の指でつまみとり、左手の指を針の先にあてて、何やら口の中で小さく呪《しゅ》を唱えはじめた。

何を言っているかわからない。

低い声であった。

治信の腹が、びくびくと震えるように動いていた。

しかし、その震えは、もう腹全体に広がるようなものではなかった。動いているのは、臍を囲んだ四本の針の内側だけであった。

呪を唱え終ると、道満は、残った一本の針を、臍の中心に、ぷつりと突き刺した。

その瞬間に、腹の震えも、ぐねぐねという動きも止んでいた。

ただ、大きく膨らんだ腹だけが、灯りに照らされているばかりである。

そして、五本の針。

道満は、

「じきに出ますぞ、じきに出ますぞ」

唄うがごとくにそう言って、右掌の人差し指の指先を、下腹に刺した針の尻にあてた。

また、低い声で呪を唱える。

先ほどとはまた違った呪であるのだが、どこがどう違うのかは、もう家人にはわからない。

呪を唱えながら、道満の指先は動いて、右手の人差し指の先で、次々に腹に刺さった針の尻に触れていった。

道満の指先が触れるたびに、小さく、針が震える。

下、上、左、右——先ほど針を刺していった順番通りである。

しかし、臍に刺した中央の針にだけは触れない。

何回か、指先が四本の針を巡ったところで、ふいに、道満は、中央の針を抜きとり、

「ふっ」

と腹の上に息を吹きかけた。

と——

治信の臍とその周囲が、みるみるうちに、黒くその色を変えていった。

一瞬、見えた。

それは、歯のようであった。

口のようであった。

何か、臍の周囲に獣の口のごときものが出現した時——

そこへ、上に吊るした袋の底から、ぽたりと血の滴りが落ちていた。

その瞬間、何か、黒いものが治信の腹から飛び出していた。

その黒いものは、上から落ちてくる血を追うように、下から袋の底にどすんとぶつかっていった。

それを待っていたかのように、

「ほれ」

道満は懐《ふところ》から、一枚の呪符を取り出して、それを袋に張りつけていた。

さっきまでしぼんでいた、皮の袋が、中に何かが入ったように膨らんでいた。その内部で、何かが暴れまわっているかのように、袋がぐねぐねと動いている。

「むう……」

「治信さまの、腹が」

家の者たちが声をあげた。

いつの間にか、治信の腹が、しなびたように平らになっていた。

ただの、ゆるんだ男の腹がそこにある。

何かはわからないが、さっきまで治信の腹の中にいたものは、そこから抜け出て、上に吊るした牛の生皮で作られた皮袋の中に入ってしまったようであった。

「すみましたぞ」

平然と、道満は言った。

立ちあがり、縛っていた紐を解き、吊るしていた袋を下ろして、それを手に持った。

今まで、白目をむいて呻いていた治信は、きょとんとした顔で、平たくなった自分の腹を、右手でさすっている。

「ど、ど、道満……」

治信が言った。

「すみました」

袋を持った道満が、上から治信を見下ろしながら言った。

「む、むむむ……」

治信は、まだ、腹をさすりながら、上半身を起こした。

「い、いったい、何が入っていたのじゃ。何が――」

言っている治信に、袋を差し出し、

「ごらんになられますかな」

結んである紐を摘《つま》んだ。

治信は、ぞっとしたように腰を引いて、

「いや、い、いい。結構じゃ」

あわてて言った。

「どこぞで、女子《おなご》につれなくなされましたか――」

「お、女子に？」

道満は、さぐるような眼で治信に問うた。

「かなり恨まれておりますな」

「その女が、恨んでいると申されるか」

「はい」

「わ、わしを呪うておると？」

「はい」

「どこの女じゃ」

「それは、治信さまに心あたりがあるのではござりませぬか」

「む、むう……」

「数が多くて、わかりませぬか」

「男と女のことなど、人の世の常のことではないか。そ、それが――」

「おっしゃる通りでござります。女がつれない男を恨むもまた常のことでござりまするからなあ」

「な、なに!?」

「ふた月、み月もすれば、またかようなことになるやもしれませぬ。その時には、またわたしをお呼びくだされば、今のように憑《つ》いたものを落としてしんぜましょう」

「ど、道満……」

治信はすがるような眼で道満を見た。

「男が逃ぐるのも勝手、女が恨むのも勝手——勝手と勝手のことでございますれば、もはやわたしのあずかり知らぬこと——」

道満は、皮袋を左手にぶら下げ、右手を差し出した。

「なんじゃ!?」

「お約束のものを」

道満は言った。

「金子《きんす》でございます」

家人のひとりが立ちあがり、懐から、紙に包んだものを取り出した。

道満の右掌の上に、その紙に包んだものを乗せた。

道満は、それを自分の懐にしまうと、

「邪魔をいたしました」

頭を下げた。

左手に持った袋を持ちあげてみせ、

「これは、もろうてまいりまするが、よろしゅうござりますな」

念を押すように言った。

返事はない。

それを承知ととって、道満は、頭を下げてにんまりと笑った。

「では、いただいてまいりまする」

歩き出した。

簀子《すのこ》の上に出て、階段《きざはし》から夜の庭に降り、

「よい月じゃ……」

袋を肩にぶら下げた。

ゆるゆると道満は歩き出し、すぐにその姿は闇に溶けて見えなくなった。

二

月光の中で、桜の枝が揺れている。
わずかな風がある。
みっしりと咲いた桜の花の重みで、常よりも枝が下方に下がっている。
その枝が、静かに揺れている。
ひとひら、
ふたひら、
花びらが枝を離れ、宙に舞う。
本格的に花びらが散りはじめるには、まだ何日かかかりそうであった。
月の影が桜に映り、花びらは微かに青みがかって見えているようである。

土御門大路《つちみかどおおじ》にある、安倍晴明《あべのせいめい》の屋敷——

簀子《すのこ》の上に座して、晴明と源博雅《みなもとのひろまさ》は酒を飲んでいる。

晴明は、白い狩衣《かりぎぬ》をふうわりと身に纏《まと》い、柱のひとつに背をあずけ、右手に庭を見るようにして座している。

右膝を立て、その右膝の上に、杯を持った右手の肘をのせている。

晴明の肌の色は、女のように白い。

唇は、紅を塗ったように赤かった。

その唇に、微かな笑みが浮かんでいる。

あるかなしかの、わずかな笑みだ。晴明の唇には、常にその笑みが点《とも》っている。

花の香を、その唇に含んでいるような笑みであった。

時おり、その唇に酒が運ばれてゆくが、晴明はほとんど言葉を発しなかった。

ゆるゆると、酒を飲んでいる。

博雅は、晴明と向かいあって座し、夜の庭を眺めている。

博雅の眼には、桜が映っている。

簀子の上には、酒の入った瓶子《へいし》がひとつ、ぽつんと置かれている。

傍《かたわら》に藤色の唐衣《からぎぬ》を着た蜜虫《みつむし》が座して、ふたりの杯が空になると、白い指で瓶子を取り、そこに酒を注ぐ。

やや切れ長の晴明の眼は、常よりもいくらか細められ、博雅と同様に夜の桜を眺めている。

ふたりの近くには、灯火がひとつ点っている。

その灯りが、晴明の白い狩衣に映って、ゆらゆらと揺れていた。

交される言葉は、少なかった。

多くの言葉を使わずとも、博雅と晴明の間には、かよいあうものがあるらしい。

杯を口に運び、酒を口に含み、博雅はうっとりと酔ったような溜め息をついた。

ゆっくりと、空になった杯を、簀子の上にもどす。

「よい晩だな……」

博雅はつぶやいた。

晴明の視線が、博雅に動く。

「なんともみごとに桜が咲いているではないか、晴明よ」

「うむ」

「できるものなら、おれもあの桜のごとくにおれでありたいものだな」

低く晴明がうなずく。

「ほう」

晴明が、視線だけでなく、顔も博雅の方に向けた。

晴明が、顔を向けたのに気づき、

「どうした？」

博雅は言った。

「おれが、何か妙なことを言ったか」

「いや、妙なことなど言ってはおらぬ」

「では、どうしたのだ」

「おまえが今、おもしろいことを言うたからさ、博雅――」

「おもしろいことだと？」

「桜が桜であるごとくに、博雅は博雅のごとくにありたいと、そう言ったではないか」

「言ったか」

「言った」

「しかし、何故、それがおもしろいことなのだ、晴明」

「人は、なかなか、今おまえが言うたごとくには生きられぬ」

「うむ」

「誰ぞを手本とし、その誰ぞのように生きようとすることはあっても、己れのごとくに生きようとは、人は思うたりはせぬものだ」

「そういうものか」

「そういうものさ」

「おれには、あの桜の咲き方も、それから散り方も、妙に好もしくてなあ」

「ほう」

「きちんと咲いて、きちんと散る。桜は、桜として咲くことによって桜として何ごとかをまっとうし、そしてまた桜として枝から離れ、散ってゆく……」

「うむ」

「どこから見ても桜だ。桜は、桜のようにしか咲くことができぬ。桜のようにしか散ることができぬ。まったく、桜はなんとみごとに桜であることであろうか」

「――」

「そう思っていたら、自分もまたあの桜のごとくに自分でありたいと思うたまでのことなのだ――」

「――」

「考えてもみよ、晴明」

「なんだ」

「桜だけではないということさ。桜がその桜のごとくに己れをまっとうしているように、梅は梅で、己れをまっとうしているということではないか」

「うむ」

「蝶は蝶のごとくに。牛は牛のごとくに。鶯は鶯のごとくに。水は、水のごとくに――」

「博雅は博雅のごとくに――」

「おれのことを言うな、晴明」

「何故だ」

「なにやら座り心地が悪くなるからだ」

「よいではないか。おまえが先に言うたのだぞ、博雅」

「先に？」

「うむ」

「いや、それはたしかにおれが先に口にはしたのかもしれぬが、しかし――」

「しかし、何なのだ」

「やめておく」

「やめる？」

「ああ。おまえとこれ以上話をしていると、いつ、呪の話をされるかわからぬからな。そうすると、今宵このおれの中に満ちているこのよい心もちが、消え去ってしまいそうな気がするからだ」

「ふうん」

「ところで、晴明——」

知らぬ間に、酒が満たされていた杯を手にしながら、博雅は言った。

「何だ」

「このところ、妙なことばかりが都に起こっているようだな」

「うむ」

「孕み女がかどわかされたり、殺されたり……」

「らしいな」

「五日ほど前の晩も、小野好古卿《おののよしふる》のお屋敷に、妙な賊《ぞく》が押し入ったそうではないか」

「ああ。盗らずの盗人《ぬすびと》たちの話だろう」

「おまえの耳にも入っていたか」

「その賊は、好古殿のお屋敷に盗みに入っておきながら、何も盗らずに帰ってしまったという話ではないか」

「それよ。あれ以来、好古卿の具合がすぐれぬらしい」

「ほう」

「まったくもって、不思議な賊もあったものだなあ」

「博雅、おまえはその盗らずの賊について、もう少し詳しく知っているのか」

「好古殿から、直接聴かされたのでな」

「どういうことであったのだ」

「まあ、こういうことさ、晴明――」

そう言って、博雅は、五日前の晩のことを語りはじめたのであった。

三

五日前のその晩――

眠っていた小野好古は、男の声で眼を覚ました。

「起きよ」

男の声はそう言った。

しかし、まだ好古は、それが現《うつつ》のこととは思わなかった。

「起きられよ、好古殿――」

肩を揺すられた。

それで、小野好古は眼を覚ましたのであった。

「何ごとじゃ」

眼を開くと、眠る前に消したはずの灯火に灯りが点っている。

頭のすぐ上のところに、ぬうっと黒い影が立っているのに気づいたのは、灯りから上へ視線をうつした後であった。

「くせもの——」

と声をあげたが、頬に冷たいものを押しあてられて、口をつぐんだ。

頬に押しあてられたのが、刀の先の、腹の部分であるとわかったからである。

眼を動かすと、刀身に灯火の色が映っているのが見えた。

「何者じゃ」

好古は、声を低めて言った。

「ほう」

と、影は感心したような声をあげた。

思いの他、好古が胆《はら》のすわった声を出したからである。

参議、小野好古。

すでに七十歳を越えているが、承平、天慶の乱のおりには、山陽、南海両道の追捕使《ついぶし》に任命され、これを鎮圧している。

見あげれば、賊は、黒い布で頭部を覆い、顔を隠している。

外に見えているのは、眼の部分だけであった。

「起きよ」

好古は、ゆっくりと夜具の上に身を起こした。

身を起こして初めて、好古はまだ他にも人の気配のあることに気がついた。

灯火の届かない几帳《きちよう》の陰や、部屋の隅《すみ》に、闇が濃くわだかまったように、何ものかがうずくまっている。

それが、ひとつ、ふたつ、みっつ――

それらの影は、息をしているのかいないのか、どういう音も届いてこない。ただ、気配のみがある。

それにしても――

と好古は思った。

屋敷には、身の回りの世話をする者や、男や女たちを合わせ、十人あまりの人間がいる。

これだけの賊が入って、誰も眼を覚ましていないのか。

あるいは、皆、殺されてしまったのか。

「他の者は？」

好古は訊いた。

「安心せよ。まだ生きておる」

影は言った。

「ただし、朝まで起きぬ」

はて――

影に言われて、好古には疑問が湧いた。

どうやったのかはわからぬが、他の者をこの賊たちは眠らせてしまったらしい。それならば、何故、この自分も眠らせなかったのか。この自分も眠らせたままにしておく方が、何かを盗みにやってきたのなら、その方がよいのではないか。

「何の用じゃ」

好古は訊いた。

「捜しものをしておる」

影は言った。

「捜しもの？」

「雲居寺《うんごじ》から、あずかったものがあるはずじゃ」

「雲居寺から？」

「覚えがあるはずじゃ」

はて——

考えてみたが、

「ない」

好古は言った。

「ないはずはなかろう。どこへ隠した」

また、好古の頬に、刃が押しあてられた。

「ないものはない」

「まことか」

「いったい、わしが何をあずかったと申すのじゃ」

「箱じゃ」

「箱？」

「いや、袋かもしれぬ」

「箱も、袋も知らぬ。中身は何じゃ」

好古は言った。

影は答えない。

刃が頬から離れた。

「まあよい。我らのお姫《ひい》さまが、直《じき》じきにおまえにお訊ねになる。さすれば、ぬしが嘘をついておるか、真実《まこと》を申しておるかがわかろう」

影が言い終えぬうちに、庭の方に音がした。

ぎい……

という、何かの軋《きし》む音だ。

ぎい、
ぎい、
その音が近づいてくる。

車だ。

車の車軸の軋む音であった。

ぎい、
ぎい、

ぎい、
その音が大きくなってくる。
それと一緒に、
ごとり、
と、車が土を踏む音も近づいてくる。
ぎいっ、
ぎいっ、
ごとり、
ごとり、
その音が近づいてくる。
好古は、庭に眼をやった。
すぐ先に、簀子があり、その向こうに暗い夜の庭がある。
その庭が、月光に濡れたように見えている。
そこへ――
ぎい……
ごとり、
と、車が姿を現わした。
牛車《ぎっしゃ》であった。

檳榔毛《びろうげ》の車だ。
しかし、その車を引いているのは、牛ではなかった。
はじめ、好古は、それを牛と見た。
黒い牛だ。
だが、牛にしては、そのかたちが歪《いび》つであった。牛のかたちをしていない。
月光があるとはいえ、夜である。
かたちはさだかではない。
だが、その動きは、牛のそれではなかった。
牛よりも、もっと脚の数が多い。
ごとり、
と車が庭に停まった。
そして、はじめて、好古はそれが何であるかがわかったのである。
わかった時、好古は、声をあげそうになった。
身体中の毛が、そそけ立っていた。
それは、牛ほどもある、真っ黒な、巨大な蜘蛛《くも》であった。
その車の主《ぬし》は、蜘蛛に軛《くびき》を掛けて、車を牽《ひ》かせていたのである。
暗闇の中で、八つの赤い蜘蛛の眸が、妖《あや》しく光を放っていた。
車の後部から、乗っていたものが降りてきた。
それが、庭を歩き、階段《きざはし》を登って、簀子の上に立った。

女であった。

唐衣を着ていた。

絹の被衣《かつぎ》を深くかぶっており、月光を背に受けているため、白い被衣はよく見えるのに、顔は陰になってよく見えなかった。

夜目にも白い顎の先と、血のごとくに赤い唇だけが見えている。

「好古さま」

その唇が動いた。

「東山の雲居寺から、何かおあずかりものはございませぬか」

先ほど、黒い影が訊ねたのと同じことを口にした。

「し、知らぬ。何のことか、とんとわからぬ――」

「お隠しになると、おためになりませぬぞえ……」

女の赤い唇が、すうっと左右に動いて、白い歯が見えた。好古には、女が笑ったように見えた。

「いったい、いつのことじゃ。いつ、わしが何を雲居寺からあずかったというのじゃ」

好古は言った。

女は、答えない。

被衣の陰から、凝《じ》っと好古の様子をうかがっているようであった。

「見させていただきましょう」

女は言った。

すうっと、風に運ばれるように女の身体が動いた。

簀子の上を、女が左の方へ歩いてゆく。

立ち止まり、天井を見あげ、床を見下ろす様子で——

「ここではありませぬなあ……」

女がつぶやいた。

また、女が歩き出した。

そしてまた女は立ち止まり、

「ここでもありませぬなあ……」

同じことを言った。

女は、しずしずと屋敷の中を歩きまわっては、

「ここでもありませぬなあ……」

そうつぶやく。

その声が、あちらこちらから、何度か聴こえてきた。

やがて、女はもどってきた。

さきほどと同じ、簀子の上に立ち、

「まことに、ここにはござらぬようじゃ……」

女はつぶやいた。

「よかったなあ」

女の唇が笑った。

「もしも嘘をついていたなら、とりて啖《くろ》うてやろうと思うていたに」

ぞっとするようなことを言った。

被衣の向こうから、好古を見つめている様子で、

「ここにはないらしいが、どこぞ別の場所に隠したということはござりませぬか」

女が訊ねてきた。

「知らぬ」

好古が言うと、

「いずれ、嘘とわかれば、また来る……」

女は、そう言って背を向けた。

女が、牛車に乗り込んだ。

ぎい……

ごとり、
と牛車が動き出した。

わらわらと蜘蛛の八本の脚が動く。

影は、刀を収め、好古の手と足を、紐で縛った。

「歯で解くには時間がかかろうから、朝になったら、最初に目覚めた者に解いてもらうのだな――」

女の乗った車の後を追うように、影が庭へ降りた。

闇にうずくまっていた気配が動いて、いずれも庭へ降りたようであった。

ぎい、
ぎい、
ごとり、
ごとり、
と車が動いてゆく。
すでに、車も、影たちの姿も見えない。
ぎい……
ぎい……
車の遠ざかってゆく音が聴こえるばかりである。
そして……

四

「好古殿は、朝になって起きてきた家の者に助けられたというわけさ」

博雅は言った。

「ふうむ」

晴明は、顎の先に指をあて、

「なかなかおもしろいできごとだな」

そうつぶやいた。

「おい、晴明、おもしろいなどと言ってよいのか」

「かまわぬさ。誰かが傷つけられたわけでもなし、何かものを盗られたわけでもないのだろうが」

「それはそうだが」

「なかなか、興味深いものがある」

「なんだ、晴明、おまえには何かわかったのか——」

「いや、わかったなどとは言ってない。興味深いものがあると言っただけだ」

「好古殿の話に出てきた、被衣をかぶった姫が、いったい何を捜していたのか、これがおれには気になっているのだよ」

「うむ」

「それきり、好古殿には、これまで何ごともない様子なのだが、何ぞあったら、晴明、おまえに声がかかるやもしれぬぞ」

「ふうん」

と、晴明は庭の桜に眼をやった。

「おい、晴明、おれの話を聴いているのか」

博雅が、晴明に向かって言った。

「しゃべりたいことは、まだあるかもしれぬが、話はもう少し後だ——」

「なに?」

「客人のようだ」

晴明は言った。

言われて、博雅も、晴明の視線の方角に顔を向けた。

そこに、桜の樹がある。

月光の中で、ひとひら、ふたひらと、桜の花びらが散っているのが見える。

その桜の樹の下に、何かいた。

黒い、獣。

漆黒《しっこく》の虎が、咲いた桜の花の下にいた。

青いような、緑色をしているような――金緑色の瞳がふたつ、闇の中から晴明と博雅を睨んでいた。

その、黒い虎の上に、男がひとり、横座りに腰を乗せていた。

その男は、微笑しながら、晴明と博雅を見つめていた。

「お見えになられましたか、保憲《やすのり》さま」

晴明は言った。

「久しぶりじゃ、晴明――」

黒い虎に乗った男、賀茂保憲は、そう言って微笑した。

保憲を乗せたまま、黒い虎が、桜の樹の下から、ゆっくりと歩み出てきた。

簀子の下で、虎が足を止めた。

「何か、御用でござりまするか、保憲さま」

「うむ」

保憲は、うなずいて、虎から降りた。

「頼みがあってな、晴明――」

保憲は言った。

五

月の下を、ゆるゆると道満は歩いている。
肩から、紐で口を括《くく》った皮の袋をぶら下げている。
いい月が、足元に、道満自身の影を落としている。
道満は、足を止めた。
大きな池のほとりであった。
池の周囲には、松や楓《かえで》の樹がある。
道満の立ったすぐ横には、柳の老樹が生えている。
新芽の出たばかりの柳の枝が揺れて、道満の肩に触れている。
しんと静まりかえった水の面《おもて》に、月の影が映っている。
道満は、肩から皮袋を下ろし、口を開いた。
中から、黒い、太いものがくねり出てきた。
それを、道満は右手で摑んだ。
「これ、暴れるでない」
道満はしゃがんで、右手にもったそれを、静かに水の中に入れた。
手を放す。

それが、水面を泳いでゆく。

身をくねらせてそれが進むのにしたがって、波紋が静かな水面に広がってゆく。

と——

池の中央あたりに映っていた月の影が乱れた。

水面が、盛りあがり、波が立った。

大きなものが、水面のすぐ下を泳いでいるらしい。

ばしゃり……

と、尾に似たものが、水面を叩く音が響いた。

「ほれ、餌《えさ》を持ってきてやったぞ……」

道満が、微笑しながらつぶやいた。

池の中央から、水面下を、何かが道満が放したものに向かって近づいてゆく。

ばしゃっ、
と、激しく水しぶきがあがった。

水中から、何ものかがふいに出現して、水面を泳いでいたものをその口に捕えたのである。

巨大な蛇の如きものが、月光の中に頭を持ちあげた。

それが、さっきまで水面を泳いでいたものを咥えている。

「おう、うまいか、うまいか——」

道満の左右の唇の端が吊りあがる。

その蛇の如きものが、咥えたものを呑み込んだと見えた時、それは、もう水の中に身を沈めていた。

しばらく水の面が騒がしく揺れていたが、やがて、乱れていた波は静まり、もとのように澄んだ水が、面に月の影を映すばかりとなった。

六

三人で、飲んでいる。

晴明と博雅に、保憲が加わった。

保憲の傍には、黒い猫が丸くなって眠っている。

保憲が乗ってきた黒い虎の正体がこの猫であった。

ただの猫ではない。

保憲が式神として使っている猫又であった。

「このところ、妙なことばかりがおこる……」

杯を口に運びながら、保憲は言った。

賀茂保憲——晴明の師であった賀茂忠行の長男であり、晴明にとっては兄弟子になる。

天文博士、陰陽博士、暦博士を歴任し、主計頭《かずえのかみ》を経て、今は穀倉院別当の役職に就《つ》いている。

官位は、従四位下。

「確かに、何やら騒がしくなってまいりましたな」

晴明がうなずく。

「小野好古殿の屋敷に入った賊のことは耳にしているか」

「そのことなれば、ただいま博雅さまとお話ししていたところでござります」

「盗らずの盗人と言われているらしい」

「はい」

「では、このところ、女が襲われて殺されている話はどうじゃ」

「聴いております。孕《はら》み女ばかりが、もうこのひと月ばかりで、八人も殺されているそうでござりますな」

「九人じゃ」

「ほう!?」

「今日の昼に、九人目がやられているのが見つかった」

「場所は？」

「鞍馬《くらま》の山中よ」

「鞍馬？」

「内裏にいた女で、懐妊《かいにん》したというので、貴船《きぶね》にある家にもどっていたのだが、二日前に姿が見えなくなった」

「で——」

「鞍馬に炭を焼きに入っていた男が、山中で女の屍《かばね》を見つけた。それが、件《くだん》の行方の知れなかった女というわけさ」

「やはり、懐妊中の女でしたか」

「うむ。惨《むご》い死に様ぞ。腹を裂かれ、中の子が外へ掻き出されておった」

「で、その子は、男《を》の子でござりましたか、女《め》の子でござりましたか——」

「男の子じゃ」

「男の子の腹に、傷は？」

「あった……」

保憲が、意味ありげに晴明の顔を見た。

「さようでござりましたか」

「いやな、できごとじゃ」

「じきに、歌合わせも始まろうというこの時に、ありがたくないことばかりが起こりますね」

博雅は言った。

「で、今夜、おこしになられたのは、その件でござりまするか」

晴明が訊いた。

「いや、そうではない」

保憲は、杯を口に運んでから、それを簀子《すのこ》の上にもどした。

「何でしょう」

「平貞盛《たいらのさだもり》殿のことは、知っておるか」

「会えば御挨拶《ごあいさつ》申し上げる程度には存じあげておりますが——」

保憲は言った。

「忠行とは、多少の因縁のあった男でなあ——」

保憲は、膝をくつろげ、前に身を乗り出した。

保憲は、父賀茂忠行のことを忠行と呼び、平貞盛のことを男と呼んだ。

保憲は時おりこのような言い方をする。

晴明が、帝のことを〝あの男〟などと呼ぶ調子に近いものがある。

「耳にしたことがございます。玄徳法師の物忌《ものいみ》のことでござりましょう」

「そう、それさ」

保憲は、膝を打った。

こういう話だ。

七

その頃――

十七〜八年前。

下京のあたりに、玄徳という小金《こがね》を溜め込んだ法師が住んでいた。

この玄徳が、何度か同じ夢を見た。

夢の中に死んだ父親が出てきて、

「あやうかるべし」

「あやうかるべし」

このように言う。

最初は別段気にもとめなかったのだが、数日後にまた同じ夢を見た。

夢の中に死んだ父親がまた現われて、

「あやうかるべし」

「あやうかるべし」

眠っている玄徳の右耳に、べったりと唇を押しつけて、このように囁くのである。

「あやうかるべし」

「あやうかるべし」

この夢を四度見た。

さすがに気味悪くなって、夢の吉凶を、陰陽師に占ってもらうこととなった。

この時、玄徳が頼ったのが、賀茂忠行であった。

「これより七日の間、物忌《ものいみ》を固くせよ」

忠行はこのように言った。

「盗人事《ぬすびとごと》に依《よ》りて生命《いのち》を亡《ほろぼ》さんものぞ」

盗人に襲われて殺されることがあるやもしれぬと、忠行は玄徳に告げた。

さっそく屋敷にもどって、玄徳は物忌に入った。

固く門を閉ざし、何人《なんぴと》であろうとも、家の中に人を入れぬようにした。

そして、七日目――

夕暮れ方に、門《かど》を叩く者があった。

しかし、誰か訪ねてきたからといって、門を開けるわけにはいかない。

返事もしないで屋敷の中にこもっていた。

そのうちにあきらめて帰るだろうと思っていたのだが、訪問者はさらに激しく門を叩いてくる。

　玄徳は使用人をやって、内側より声をかけさせた。

「これは誰《たれ》におわするぞ」

　と問えば、

「平貞盛なり」

　と返事が返ってきた。

　平貞盛ならば、玄徳の古くからの知人である。

　しかし、知人であろうが、たやすく門を開けるわけにはいかない。

「ただ今、主《あるじ》玄徳は、固き物忌の最中なり」

　用事があるのであれば、ここで承りますと使用人は門の外へ告げた。

　すると、

「我は本日、帰忌日《きこにち》なり」

　と貞盛は言った。

　帰忌日とはつまり、考え方としては物忌に通ずるものだが、物忌とはまったく逆のことをしなければならない。

　帰ることを忌《い》む——ようするに、物忌が外出や門を開いて人をまねき入れることを禁ずるものなら、これは帰宅を禁ずるものであった。

　帰忌日の場合、その日は家に帰ることは許されず、ひと晩別の家に泊まって翌日に帰宅しなければならない。

「すでに夜にぞなりたりけれ――」

ぜひとも今夜はこちらに泊めてもらいたいと貞盛は言った。

「しかし、主より門を開くのを固く禁じられております」

使用人は言った。

「これほど固い物忌とは、さてこれいかなる物忌ぞ」

貞盛は問うた。

使用人は、内側よりわけを話し、

「盗人事に依りて、生命《いのち》をほろぼすべしと卜《うら》ないたれば、かく固く忌むなり」

このように貞盛に言った。

すると貞盛は、門のむこうでからからと笑って、

「なれば何故このわしを帰すのじゃ」

よく響く声で言った。

「そういうことであれば、なおのこと、このわしを呼び寄せてでもこの屋敷の中に置くべきではないか」

使用人から、貞盛の言葉を聴かされて、玄徳はなるほどと思い、自ら門の所まで出てゆき、貞盛に声をかけた。

「失礼をいたしました。これはまことに殿のおおせの通りでござります。ましてや、帰忌日とあれば今夜の宿にもおこまりでしょう。ただ今門を開けまする故、ぜひともいらしてくだされませ」

「おう」

と答えて、

「では、わしだけ中に入るとしよう。しかし、玄徳は物忌中であれば、おまえたちは今夜はもどって、また明日ここまでむかえに来い」

貞盛は、供の者たちを皆帰してしまった。

開けられた門から、弓と刀を手にした貞盛ただひとりが入ってきた。

玄徳が、あれこれと世話をやこうとするのへ、

「物忌中なれば、気は使わぬでよい。わしは、今夜《こよい》はこの放出《はなちいで》の間《ま》でやすませてもらおう」

かって知ったる屋敷であり、貞盛はさっさと沓脱《くつぬぎ》に近いひと間に入ってしまった。

用意された簡単な食事をすませ、灯りを消して貞盛は眠りに就いた。

と——

夜半を過ぎたかと思われる頃、微かな物音がして、貞盛は眼を覚ました。

門の押し開かれる音であった。

この時には、もう、貞盛は刀を腰に差し、胡籙《やなぐい》を背に負って、弓を手に摑《つか》んでいる。

耳を澄ませば、何人もの盗人たちがわらわらと門から中へ入ってくる気配がある。

貞盛は、闇の中を移動して、車宿《くるまやどり》の陰に身を潜めた。

門の方から、十人余りの人間たちが歩いてきて、

「ここが玄徳の屋敷ぞ」

「金をだいぶ溜め込んでいるらしい」

などと闇の中で互いに言葉を交している。

やはり盗人たちであった。

盗人たちは屋敷の南の方に回り込んでゆく。貞盛は闇夜を幸い、この盗人の中に紛れ込んだ。

誰かが松明《たいまつ》を点《つ》け、いよいよ屋敷の中に押し入ろうという時、貞盛は、

「此《ここ》になむ物は有《あん》なる。ここ踏み開けて入《い》れ」

こちらに金目のものがあるぞ、とわざと物のない方へ盗人たちを案内した。

しかし、盗人たちがもしも中へ入ってしまっては、玄徳法師が殺されてしまうこともあるかもしれず、貞盛は、わざと後方に残った。

盗人たちの先頭に立った男が、戸を蹴やぶって中へ入ろうとしたその時、貞盛は背の胡簶から矢を抜いて、弓につがえ、ひょうとそれを射た。

今しも中へ入ろうとした男の背にぶつりと矢が突き立ったその時、

「誰ぞ、後ろより射る者のありつるよ」

貞盛は自ら叫んで、背に矢が突き立った男に背後から跳びつき、一緒に自ら屋敷の中に倒れ込んだ。

「逃げよ」

自分が射殺した男を、屋敷の奥へ引きずり込みながら貞盛が叫ぶ。

しかし、まだ盗人たちもひるまない。

「かまうな、踏み込め」

そう叫ぶ男の顔の真ん中に、また貞盛の射た矢が突き立った。

そいつが倒れてくるのを抱きかかえ、屋敷の中に引き込みながら、

「まだ射てくる者があるぞ、逃げよ」

もう一度、貞盛が叫ぶと、ようやく盗人たちは、

「わっ」

と叫んで逃げ出した。

その背へ向かって、びしりびしりと矢を射《う》ち込んで、貞盛はさらに二人を倒した。

争って門から逃げてゆく盗人を、さらに二人射殺し、七人目はその腰を射た。

腰を射られた男は、つんのめるようにして道脇の溝の中に倒れ込んだ。

この男だけは、朝まで生きていたので、捕えて仲間の名や人相を白状させた。

これで、逃げた残りの者たちも皆捕えることができたのであった。

捕えてみれば、盗人たちは、いずれも平将門《たいらのまさかど》の乱のおりに将門の配下であった者たちで、将門の死後、喰うに困って盗人となっていたということであった。

「いや、まことに、貞盛様を屋敷にお入れしてよかった」

玄徳法師はそう言って喜んだ。

「もしも、余り固く忌みて入れざらましかば、法師も必ず殺されなまし」

このように、人々は噂し合ったということであった。

八

「そのようなことがございましたな」

晴明が言った。

「忠行が卜《うら》ない、当たったともはずれたともいえる——」

保憲が、苦笑しながらつぶやいた。

「いえ、物忌せよとの卜ないなくば、貞盛さまもその晩は油断して眠っておるところ。生命を落としていたやもしれませぬ」

晴明が言う。

「なるほど、言われてみればそうだ」

「生命の助かりたるという、そのことこそが肝要——」

「うむ」

「そのこと、将門さまが死んで、二年目——天慶五年のあたりのことだったのではありませぬか」

「すでに今は天徳四年、十八年も前のことだな」

「平貞盛さまと申さば、あの乱のおりは、俵藤太《たわらのとうた》さまと共に将門さまと戦われたお方でござりましょう」

「うむ」

「今は、お幾つになられましたか」

晴明が問うと、

「確か、六十歳になられたかどうかというところのはずだ」

言ったのは、博雅であった。

「しばらく丹波守《たんばのかみ》に任じられておられたのが、昨年、京にもどってこられたのではなかったか――」

博雅は、晴明と保憲を見やりながら言った。

「はい」

保憲がうなずく。

「ここしばらく、姿をお見かけせぬが、御悩《ごのう》との噂を耳にした――」

「さようでござります」

保憲が、博雅に向かって頭を下げた。

「話というのは、そのことでござりまするか？」

晴明が問うた。

「うむ」

保憲はうなずき、

「瘡《かさ》を患《わずろ》うておられるらしい」

声をひそめて囁いた。

「瘡？」

「顔に、悪いできものがあって、これがなかなか治らぬらしいのさ」

「治らぬ？」

「それが、どうやらただの瘡ではないらしい」

「どのような」

「昔負うた、古い刀傷に瘡ができたものということらしい」

「刀傷?」

「その瘡、どうもわけありらしくてなあ」

「わけあり?」

「自然にできたものか、誰《たれ》ぞが呪うておるものか――」

「呪《しゅ》を?」

「うむ」

「それで、わたしにどうしろとおっしゃるのですか」

「貞盛殿の瘡、治してやってほしいのさ」

「なれば、保憲さま御自身がおやりになればよろしいのではありませんか」

「それがなあ、晴明よ。このこと、あちらは知らぬのだ」

「知らぬ?」

「つまり、こちらが貞盛殿の瘡を治そうと思うていることをさ」

「言えば、よろしいのではありませぬか」

「言うた。おれではないぞ。貞盛の周囲《まわり》の者が言うたのさ。薬師《くすし》か陰陽師にでも見せたらどうかとな」

「で?」

「聞かぬ」

「聞かない? 何故でしょう」

「放っておけば、自然に治るというのさ」

「ほんとうに？」

「わからん」

「――――」

「なあ晴明よ――」

困ったような顔で、保憲は言った。

「放っておいてくれという男のもとへ無理に押しかけて、何かやろうというのは、おれは得意ではないのだ」

「ならば、御本人がおっしゃるように、放っておけばよろしいのではありませんか」

「それが、そうもゆかぬのさ」

「何故です」

「――――」

「なぜ、そうもゆかぬのですか」

「その瘡についてだがな、実は、おれはひとつ考えていることがあるのさ」

「何でしょう」

「正直に言う。それが、言えぬのだ」

「言えない？」

「うむ」

「困りました」

「困らんでくれ、晴明。おれが困る」

「保憲様でも困りますか」

「ああ」

保憲はうなずき、

「おまえが、貞盛殿の瘡を治すのに、おれがあらかじめ何かを教えておけば、おまえはそれに動かされてしまうであろう」

真顔で言った。

「――」

「できれば、おまえはおまえで動いて、おれと同じところにたどりついて欲しいのさ――」

「貞盛さまの瘡についてですか」

「そうだ」

うなずいた保憲の顔をしばらく見つめ、

「これは、保憲様おひとりの考えではないということですね」

晴明は言った。

「うむ」

「保憲様の後ろに、どなたかいらっしゃるというわけですね」

「うむ」

「どなたですか」

「言えぬ」

「あの男ですか」

「――」

保憲は、口を開かない。

「まあ、そういうわけなのさ、晴明」

保憲は、微笑した。

「しばらくしたら、歌合わせがある。それが終るまでは、動かなくていい」

「歌合わせが済《す》んだら――」

「何くわぬ顔で、おまえが貞盛のところへ顔を出して、御悩とうかがいましたが、わたくしでお役に立てましょうかと言えばいい」

「お約束はできませぬ」

「そう言うな」

「――」

「おまえが、適任じゃ、晴明――」

保憲は、晴明の膝を、ぽんと叩きながら言った。

巻ノ二　鬼笛

一

西京《にしのきよう》——

小さな破《や》れ寺であった。

屋根はところどころ崩れ、床も一部は穴が空《あ》いている。

本尊も、灯明皿も、金になりそうなものは、すでにどこにもない。

屋根には秋の草が生え、簀子の下から伸びた草が、板の割れ目から顔を出している。

かつては境内であったところも、今は一面に草が伸びて、土の見える所を捜すのが困難なほどだ。

夜——

さっきまで空に掛かっていた細い月は、もう西の山陰に隠れようとしている。

星明りしかない。

本堂の中には、そのわずかな星明りすらも届いてはいなかった。

代わりに、小さな灯火がひとつ、点《とも》っている。

床に毛氈《もうせん》を敷いて、その上で男女が寄り添うようにして、細言《ささめごと》を交している。

「怖いことなんて、あるものか……」

抱き寄せた女の耳元に唇を寄せて、男が囁いている。

男の唇が、触れるか触れぬかの距離で、女の耳朶《じだ》をくすぐっている。

男が囁くたびに、女は、くすぐったそうに身をすくませ、しかし、身体はいよいよ強く男に押しつけてゆく。

「いや、怖いさ。怖いからこそよいのだよ。怖いからこそ、そなたをこうして引き寄せてしまうのではないか」

「そんな……」

子供がいやいやをするように首を左右に振るが、女はその頬を男の頬に擦《す》り寄せてゆく。

すでに、互いの供の者たちは帰してしまっている。

むかえが来るのは、明日の朝であった。

「こういうところで逢うのが、風流の遊びというものだよ」

男の手が、自分の懐へ伸びる。

そこから、男は、何かを取り出した。

櫛《くし》であった。

「これを、そなたにあげよう……」

男は、その櫛を女の手に握らせた。

女は、男から少し身体を離し、灯りを引き寄せ、その櫛を灯火にかざした。

象牙《ぞうげ》の櫛であった。

実際に使うものではなく、髪に挿《さ》して飾りとして使用するものだ。

櫛の棟《むね》の部分に、花のかたちが彫り込まれている。

いったん、彫ったその部分に朱《しゅ》を塗って、さらにその上から、同じかたちに作った玳瑁《たいまい》（鼈《べっ》甲《こう》）片を嵌《は》め込んである。

半透明の玳瑁の向こうに、朱の色が透けて見える。

そこに、炎の灯りが揺れている。

「綺麗……」

女が、うっとりとした声をあげる。

官能的な声であった。

上気した女の頬が、炎のためばかりでなく赤い。

「そなたのために、特別に作らせたものだよ――」

「嬉しい」

女が、男にしがみつく。

その時、女の袖が灯明皿に触れて、芯が外へ引き出され、灯りが消えてしまった。

真の闇となった。

「よいさ」

男が、女の耳を髪の中から唇でさぐりあて、

「わたしの手が、この指が、眼の代わりさ……」

温度を持った言葉をその耳の中に注ぎ込む。

男の手が、女の胸元から滑り込んでゆく。

「このいたずらな手の持ち主は、今、どんなお顔をなさっているのかしら」

「そなたを食べようとしている鬼の顔だよ」

「まあ……」

女が声をあげる。

「こういうところで、鬼の話をすると、ほんとうに鬼が来ると申しますよ」

そう言う女の息が、荒くなっている。

「だいじょうぶ。わたしの襟には、尊勝陀羅尼《そんしょうだらに》を書いた御札を縫《ぬ》い込んであるからね」

その時——

女の胸元から這い込んでいた男の手の動きが止まった。

女が何か言いかけたところへ、

「しっ」

男が、女に口を開くなと合図した。

女にも、男の合図の意味がすぐに理解できた。

外に、灯りが見えたのである。

誰かが来た!?

男も女も、そう思った。

本堂を囲った板のあちこちが割れ、虫に喰われて、隙き間が多くなっている。

その隙き間から、灯りが見えたのである。

炎の灯りが、近づいてくる。

やがて、草を分けて、人影が姿を現わした。

黒い水干らしき装束を身に纏《まと》った男であった。

鬼か!?

いや、鬼ならば、灯りは使うまい。

人だ。

人ならば、盗人か。

ここで、こうして自分たちがいるのを知って盗人がやってきたのか。

いや、そうではないらしい。

男が、途中で立ち止まったからである。

しかも、独りではなかった。

女連れであった。

それも、子供である。

まだ、十歳になるかならぬかという童女《めのわらわ》が、白い装束を身につけて、男の横に寄り添っているのである。

どうやら、ふたりは、本堂の中に男と女がいるのを知らぬらしい。

鬼でも、盗人でもないとすると、何者なのか。

しかも、童女が一緒とは?

黒い人影の横に、梅の樹がある。

その枝のひとつに、黒い人影は、持っていた松明を斜めに載せて掛けた。

黒い人影は、誰かをそこで待っているような様子である。

いったい、誰を待っているのか。

何がここで起こるのか。

男と女は、身を寄せ合って息を殺していた。

と——

闇の向こうが、何やら妖しくざわめく気配があった。

その気配が近づいてくる。

やがて——

秋の草を分けながら、わらわらと姿を現わしたものたちを見て、男も女も、あやうく声をあげるところであった。

気が遠くなりそうであった。

姿を現わしたのは、無数の鬼たちであったのである。

ひとつ目の大入道。

脚が一本しかない犬。

双つ首の女。

足のある蛇。

手足の生えた琵琶。
角《つの》ひとつあるもの。
角ふたつあるもの。
牛ほどもある蝦蟇。
馬の首をしたもの。
這うもの。
踊るもの。
顔のないもの。
口だけのもの。
後ろに顔のあるもの。
首だけで宙を飛ぶもの。
首長きもの。
ぬるぬるとしたもの。
長きもの。
短きもの。
翼あるもの。
足で歩く壺。
絵より抜け出した薄き女。
足なくして這う狼。

腕四本あるもの。

目だま手に持ちながらゆくもの。

身体中に乳房ぶら下げたる女。

そういう者たちが、梅の樹に掛けられた松明の灯りの中に集まってきたのである。

その灯りの届かぬ闇の中にも、さらに無数の鬼の気配があった。

しかも、その鬼たち、その手に、人の腕や足、手、頭、舌、目だま、そしてはらわた、髪の毛――人体のありとあらゆるものを持っていたのである。

百鬼夜行――

その鬼の群が、この破れ寺の境内に集まっていた。

しかし、その鬼の群を前にして、黒い人影は、少しも怖れている様子がない。

平気で鬼たちを眺めている。

「ようやっと集まったか……」

黒い人影が言った。

低い、泥の煮えるような声であった。

「おや――」

黒い人影は言った。

「血の臭いがするな。おまえたち、ここへ来る途中、どこぞで人でも啖《くろ》うてきたのではないか――」

鬼たちは答えない。

低い声や、高い声で、鬼の群は笑い声をあげただけであった。

「おれの頼んだものは、集めてきたろうな」

黒い人影は言った。

鬼たちが、うなずく気配があった。

「では、ひとりずつ、こちらへ持ってまいれ――」

黒い人影が言うと、まず、大入道が歩み寄って、手に持っていた人の腕を差し出した。

「うむ」

黒い人影は、それを受け取って、灯りにかざし、それを傍に立っている童女に見せた。

童女は無言でそれを見つめ、やがて、その小さな首を左右に振った。

「違うか」

黒い人影が言うと、童女が、白い顎を引いてうなずく。

「では、これはおまえたちにくれてやろう」

黒い人影が、その腕を鬼の群の中に投げると、たちまち鬼たちがその腕に飛びついた。

「これは我のものぞ」

「我のものじゃ」

「喰うたもの勝ちじゃ」

あっという間に、その腕は鬼たちの口の中に消えた。

次は、一本足の犬がやってきて、持っていた人のはらわたを差し出した。

黒い人影は、それを受け取り、童女に見せる。

童女が、首を左右に振る。

「これもくれてやろう」

そのはらわたを投げると、また鬼たちがわらわらとそれに群がり、たちまち鬼たちの腹の中におさまってしまった。

次が、乳房を無数にぶら下げた女が近づいてきた。

右手に握ったものを差し出した。

「魔羅《まら》か」

黒い人影は、その魔羅を童女に見せた。

黒い大きな瞳で、その肉片を童女は見つめ、やがて、白い顎を小さく引いてうなずいた。

「そうか、これはよいのだな」

黒い人影は、そう言って、その肉片を草の上に置いた。

「これは、ぬしらにはやれぬ」

黒い人影は、また鬼たちを見回し、

「次」

そう言った。

こうして、次々に鬼たちは、黒い人影の前にやってきては、手に持った人体の一部を見せた。

それをひとつずつ、黒い人影は、童女に見せる。

童女が、首を左右に振れば、それを鬼に投げ与え、うなずけば、それを足元の草の上に置く。

そうして、最後の鬼が、人の小指を持って黒い人影の前に立った。

童女が、首を左右に振る。

その小指を、黒い人影が鬼の群の中に投げる。

もう、前に出てくる鬼はいない。

「どうした」

黒い人影は言った。

「これでしまいか」

黒い人影の声が響く。

黒い人影の横の草の上に、人の体の一部が、積みあげられている。

ちょうど、人一体分はありそうであった。

それを、黒い人影は、松明の中でひとつずつ確認しながら数えていった。

「それにしても、細かくなったものよ。持ってくる時に、おまえたちこれを奪い合うたな」

つぶやきながら、三度、黒い人影は同じことを繰り返して、人体の一部を確認していった。

顔をあげ、

「どうした」

先ほどより、強い声で、黒い人影は言った。

「足らぬではないか」

黒い人影は、鬼たちを見回した。

「本当に、もう、持っているものはいないのか――」

答えるものはない。

「右腕と、首が足らぬぞ！」

黒い人影は叫んだ。

「おまえたち、持ってくるのを忘れたか。それとも、どこぞで落としてきたか……」

黒い人影の声が、だんだん怖ろしいものになってくる。

その横で、童女だけが、無表情な顔をして立っている。

「誰《たれ》ぞ、まざっておるな……」

低い声で、黒い人影は囁いた。

「誰だ。誰ぞ、我の邪魔をした者がいようが——」

黒い人影が、鬼の群を、ねめまわすように眺めてゆく。

やがて、その男の口の両端が、にいっと吊りあがる。

嗤った。

「おまえか」

黒い人影が、鬼のひとりを指差した。

鳥の顔をした犬が、その指の示す先に、二本足で立っていた。

「おまえ、先ほど、人ではなく、犬のはらわたを持ってきたものだな」

黒い人影は、草を踏んで、ゆっくりとその鳥の顔をした犬に向かって歩いていった。

黒い人影は、懐から、何やら書かれた白い札を取り出した。

「動くなよ」

黒い人影は、その札を鳥の顔をした鬼の額にあて、

「哈《ハ》っ」

短く、呼気を放った。

すると、そこにいた、鬼の姿が消え、草の中に、鳥の羽根と払子《ほっす》が転がった。

「ほう」

それを見下ろしながら、黒い人影はつぶやいた。

「これは、鳥の羽根と、坊主の使う払子ではないか」

鳥の羽根を頭に、払子の柄を犬の胴に、その毛の部分を尾に見たてて呪《しゅ》をかけていたものらしい。

「そうか――」

黒い人影は、にいっと白い歯を見せた。

「浄蔵か。あの浄蔵めが、このおれの企てを邪魔しおったか……」

黒い人影は、きりきりと歯を噛み鳴らした。

「しかし、身体のほとんどは、こうして今は我がもとにある。いかに浄蔵が邪魔だてしようとも、我が望み果たさずにおくものか――」

それを、男と女は、本堂の中で聴いていた。

男が、何を言っているのか、まるでわからない。

ただ、とんでもない場所に、自分と女が居合わせてしまったことはわかっていた。

その時――

ひそひそと話す声が耳に届いてきた。

鬼のうちのふたりが、いつの間にか本堂の近くまでやってきていて、簀子のすぐ向こうで話をしていたのである。

「ふん」

「ふふん」

鬼たちの声が聴こえている。

「あの奇妙な爺いに会うたことは、黙っておるつもりか……」

「かまうものか。なまじ、そんなことを言うたら、おれが、持っていた右腕を、あそこで落としてきてしまったことを言わねばならぬ――」

「首はどうした」

「首は、おれではない」

「誰ぞが、持っていて落としたか?」

「いや、まぎれ込んでいた浄蔵の手先が何かしたのだろうよ……」

「いや、そもそも始めから首はあったのか?」

「知らぬ」

「ふん」

「ふふん」

そういう声であった。

「おや……」

鬼の声が変化をした。

「どうした」

「人の臭いがする」

「なに!?」

「この本堂の中ぞ」

「おう、確かに――」

「どれ」

がたり、ごとりと音がして、本堂へ上る階段《きざはし》を登る足音が響いた。

そこまでが、女の限界であった。

女は、高い悲鳴をあげていた。

その声を、そこにいた鬼たちの全てが聴いていた。

「人じゃ」

「人がいた」

「見られたぞ」

鬼の群の中に声があがる。

「やはりいたか」

「おう」

本堂の扉を蹴破って、ふたりの鬼が本堂の中へ飛び込んできた。

蛇の頭をした鬼と、ひとつ目の大入道であった。

「おう、女ぞ」

「女じゃ」

高い悲鳴が、たちまち掻き消えていた。

ふたりの鬼が、女に飛びつき、頸《くび》にぞぶりと嚙みついていた。

腕や脚が、ひきちぎられ、男の目の前で女が啖われてゆく。

そこへ、他の鬼たちがわらわらと集まってきて、女の身体の奪い合いとなった。

男は、部屋の角に張りついて、声を嚙み殺していた。

あまりのおそろしさに、声すらも出なかった。

たちまち、男の眼の前で、女の身体は、骨も残さずに消えてしまった。

鬼たちは、ぞろぞろと外へ出ていった。

「どうした」

黒い人影が訊ねた。

「女がひとりいたので、皆で啖うてやりました」

大入道が言った。

「馬鹿」

黒い人影が、大入道を一喝した。

「生きて捕えて、何故ここにいたかを白状させねばならぬのだぞ」

大入道は、不満そうな唸り声を洩らした。

「ひとりか」

「ひとりです」

「本当か。男はいなかったか」

「おりません。おおかた、どこぞの男とここで会う約束でもしていたのでしょう」

「ふむ」

「待っておれば、男が来ます。来たら啖うてやりましょう」

大入道の言うのを聴いて、黒い人影は自ら本堂まで歩いてゆき、中を覗き込んだ。

確かに、もう、そこには誰もいなかった。

櫛がひとつ、そこに落ちている他は、大量の血が床にこぼれているだけであった。

「ふうむ」

黒い人影は、その櫛を拾って懐に入れた。

「用は済んだ」

黒い人影は言った。

「おまえたちは消えよ。しばらくは呼ばぬ」

「ふん」

足を鳴らして、大入道は本堂から出ていった。

黒い人影の背後に、童女が立っていた。

その童女を見つめ、

「我らの企て、いつの日か必ずや成就させましょうぞ」

そう言った。

ほどなく、本堂から黒い人影と童女が出てゆくと、あれほどいた鬼たちの姿が、境内からひとりもいなくなっていた。

ただ、境内の中ほどにはえた梅の樹の枝に掛けられた松明が、闇の中で燃えているだけであった。

二

すでに、桜は散っている。

葉桜になっていた。

しばらく前まで花を咲かせていた枝に、眼に痛いほどの柔らかな緑が萌え出ている。

陽光は、明るく暖かい。

白い蝶が、幾つも庭に舞っている。

その庭を背にして、晴明は座していた。

晴明の正面——奥に繧繝縁《うんげんべり》が敷いてあり、そこに平貞盛が座している。

しかし、晴明と貞盛との間には御簾《みす》が掛かっていて、その姿は定かではない。

晴明からは、影のみが見える。

人払いをしているため、そこにいるのは晴明と貞盛だけである。

「晴明——」

言った貞盛の声が、くぐもっている。

貞盛は、頭に布のようなものを被《かぶ》り、眼だけを出している。そのため、口が布で塞《ふさ》がれて、声がこもってしまうのである。

布の掛かってない眼の周囲も、御簾の向こうにあるため、はっきり見えているわけではなかった。

「せっかく足を運んでもろうたのだが、そなたがすべきことはここにはない」

顔は見えずとも、その声を聴く限りにおいては、晴明の知っている貞盛であることは間違いがない。

「源博雅さまの口利《き》きがあったればこそ、こうしてそなたに会いはしたが、さりとて、話をすることがあるわけでもない」

「さようでござりまするか」

晴明は、頭を下げてうなずく。

「我が瘡《かさ》のことを心配してくれるのはありがたいが、それは、いらぬことじゃ。いずれ、なおる」

貞盛は言った。

「はい」

晴明は、うなずくしかない。

「晴明、申せ」

「何をでございますか」

「本日まいったこと、ぬしの一存ではあるまい」

「――――」

「誰《たれ》がぬしに、貞盛のところへゆけと申したのじゃ」

「賀茂保憲さまでございます」

あっさりと晴明は言った。

「ほう!?」

これには、貞盛の方が驚いた。

「よいのか」

「何がです？」

「そなたに、貞盛のところへゆけと言うた人物の名をあかしてしまってもよいのかと言うておる」

「かまいませぬ」

晴明は、涼しい顔で言った。

「何故、かまわぬ？」

「口止めされてはおりません」

「ふむ」

とうなずいた貞盛は、晴明に興味を覚えたような気配であった。

「何故、保憲殿は、そなたに貞盛のところへゆけと言うたのじゃ」

「その理由《わけ》は言うてはもらえませんでした。ただ——」

「ただ？」

「貞盛さまの御悩《ごのう》を癒《いや》した後《のち》、思うところあらば、それを聴かせてくれとのことでございました」

「どういうことかな」

「はい。わたしもそのようにお訊ねしたのですが、他には何もおっしゃられませんでした」

「真《まこと》か」

「はい」

嘘ではない。

晴明の言葉には、実がある。

「むう——」

と、貞盛は何やら考えているようであった。

「わたしも、これで気がおさまりました」

晴明は言った。

「気がおさまった?」

「はい」

「どういうことじゃ」

「これで、よかったということでござります——」

「わからぬな」

「保憲さまに頼まれはしたものの、よく見えぬお話にてありますれば、わたしも困っておりました」

「——」

「こうして、貞盛さまにお会いして、直《じき》じきに断わられたとあらば、保憲さまにも顔が立ちます。あまり、理由《わけ》のわからぬ話でございましたので、貞盛さまにいらぬと言われて、この晴明も実はほっとしているところでございます」

「なるほど――」

「これ以上、お邪魔をしてもお心をわずらわせることになりましょう。これにて、早々にも失礼させていただきまする」

　晴明は、頭を下げた。

　すぐにも立ち去ろうとする気配の晴明に、
　貞盛が声をかけた。

「待て、晴明――」

「はい」

　晴明は、澄《す》ました顔で、貞盛を見やった。

「ひとつ、訊ねたい」

「何でしょう」

「わが、瘡、ぬしなら治せると申すか」

「申しません」

　迷わず晴明は言った。

「何故じゃ」

「貞盛さまの瘡を、まだ見ておりませぬ」

「うむ」

「見、触れて、色々と調べた後であれば、何事かは申しあげられると思いまするが、何も見ぬうちは、どのようなことも申しあげられるものではござりませぬ」

「道理じゃ」

「よろしければ、これにておいとまを——」

立ちあがろうとしたところへ、

「晴明——」

貞盛が、また声をかけた。

「ぬしに、診《み》てもらいとうなった場合、いかにすればよい」

「使いの者をおよこしいただければいつなりとも。もしも、人眼が気になるようであれば、当屋敷まで使いの者をだす必要はありませぬ。戻り橋まで人をやって、晴明用事じゃ、と言わせるだけで、一両日中にわたしの方から参上いたします」

言い終えて、晴明は膝を立てた。

「では——」

立ちあがったところで、

「晴明——」

背後から声がかかった。

晴明が振り返ると、簀子《すのこ》の上に、ひとりの老人が立っていた。

白髪。

白髯《はくぜん》。

ぼうぼうと伸びた髪。

黒い、襤褸《ぼろ》同然の水干《すいかん》を着た老人であった。

「道満さま」

「久しぶりじゃ」

蘆屋道満がそこに立っていた。

「なるほど、そういうことでござりましたか――」

晴明が言った。

「そういうことじゃ」

道満が、黄色い歯を見せて嗤《わら》った。

「貞盛さまが、いらぬとおっしゃられた意味がようわかりました」

「この道満がおるということさ」

晴明は、数歩歩んで、道満と同じ簀子の上に立った。

「その方ら、知り合いか」

御簾の向こうから、貞盛が声をかけてきた。

「腐れ縁でござりまするよ」

道満が言った。

「では――」

と晴明が簀子を歩きかけようとすると、

「晴明――」

道満が声をかけた。

「はい」

晴明が、踏み出しかけた足を止めた。

「庭を見よ」

道満に言われ、晴明が庭に視線を移した。

明るい陽の中を、ふたつ、みっつと、白い蝶が飛んでいる。

「蝶が飛んでいる」

道満が言った。

「はい」

晴明がうなずく。

「美しい蝶じゃ」

「はい」

「あのうちの一羽を、捕えてしんぜよう」

「捕える？」

「見ておれ」

道満は、右手を拳に握り、そこから人差し指を一本だけ立てた。

その人差し指で、庭に舞う蝶の一羽を差して、

「こよ」

そうつぶやいて、口の中で小さく呪《しゅ》を唱えはじめた。

低い、底にこもった声であった。

ほどなく、道満が指差していた一羽の白い蝶が、ふわりふわりと宙に浮いて、庭を渡ってこちらへ近づいてきた。

やがて——

舞いながら近づいてきた蝶が、伸ばした道満の人差し指にとまった。

「おう」

不思議なものでも見たように、貞盛が声をあげた。

右手を動かして、人差し指の先にとまった蝶を、自らの顔に近づけても、蝶は逃げなかった。

「可愛いのう——」

道満は、晴明に向かって嗤ってみせ、

「ほれ」

右手を伸ばしてきた。

道満の右手の人差し指にとまった蝶が、今、晴明の眼の前にいる。

「みやげじゃ」

道満が言った。

「いただきましょう」

晴明は、柔らかな笑みを赤い唇に浮かべたまま、道満の人差し指にとまった蝶を右手でつまみとって、自分の懐に入れた。

歩き出そうとする晴明の背に向かって、

「ほう」

道満が、また声をあげた。

背を向けたまま、晴明が立ち止まる。

「いつの間にやら、こんなところに蜘蛛が巣を作っておるわい」

道満の視線が、上を向いた。

簀子の上に、屋根が被さっていて、その軒下《のきした》に、蜘蛛が巣を張っていた。

「こんなところに蜘蛛の巣があっては、いつあの蝶がこれに掛かるやもしれませぬ」

道満は、ひょいと右手を伸ばし、指で、くるくるとその蜘蛛の巣をからめとった。

「これで、ようござるなあ」

道満が、蜘蛛の巣のからんだ右手を顔の高さに持ってきた。

「おや、こんなところに蜘蛛がおるわい」

いつの間にか、道満の右手の人差し指と親指の間に、一匹の蜘蛛がつままれていた。

「これを、いかがいたしまするか、晴明どの——」

道満が、晴明の背に向かって言った。

「いかようにでも——」

晴明が言うと、

「では——」

そう言って、道満は、指の間にいた蜘蛛を指で潰してしまった。

道満の指に、黄色い、蜘蛛の血とも排泄物《はいせつぶつ》ともつかない色の汁がこびりついた。

「では道満さま、いずれまた一献《いっこん》――」

晴明は、背を向けたまままつぶやいて歩き出した。

「おう、楽しみにしておる」

晴明の背に、道満が言った。

三

牛車《ぎっしゃ》が、朱雀大路を上ってゆく。

ほとほとと土を踏んでゆく車の音を背で聞きながら、晴明は牛車の中に座して、眼を閉じている。

貞盛の屋敷からの帰途。

もう、すぐ先が朱雀門である。

ほどなく、車は右手へ折れて、土御門小路の方へ向かうことになるはずであった。

ごとり、
と車が揺れて、そこに止まった。

はて――

晴明は、眼を開いた。

「安倍晴明さまの御車でござりまするか」

男の声が聴こえる。

そうだと、牛を牽《ひ》いている従者の応える声がした。

晴明は、指で簾に隙き間を作り、外を見やった。

小袖を着た男が、車の前に立っているのが見える。

その男が、眼ざとく、簾に隙き間が開くのを見つけて、歩み寄ってきた。

「安倍晴明さまでございましょうか」

男は、車の傍に片膝を突いて、晴明を見あげた。

「はい」

晴明はうなずき、

「何の用でしょう」

男に訊ねた。

「わが主《あるじ》が、ぜひとも晴明さまにお会いしたいと申しております。御案内いたしますれば、これより、御同道願えませんでしょうか」

「主とは、どなたです？」

晴明は訊いた。

「まことに申しわけござりませぬが、この場では申しあげられません」

「ほう」

「失礼は、承知でお願い申しあげます。ぜひとも――」

「――」

「晴明さまは、車をお降りになる必要はござりませぬ。いらしていただけるのなら、これよりある場所までお連れ申しあげますので、そこで車にお乗りになられたまま、わが主とお話ししていただければよろしいのです」

ふっ、と小さく息を吐いてから、

「行きましょう」

晴明はうなずいた。

「ありがとうございます」

男は頭を下げ、歩き出した。

晴明は、男の後からついてゆくように、供の者たちに言いつけて、簾の隙き間を閉じた。

ごとり、

と車がまた動き出した。

左へ折れた。

西へ向かったらしい。

朱雀院、淳和院を過ぎて、紙屋川にさしかかろうというあたりで、車が停まった。

人影は、あたりにない。

簾の隙き間からうかがえば、少し先に、大きな柳の樹があって、その下に車が停まっていた。

青い布が、その車に被せてあった。

そのため、どこの誰《たれ》の車であるかわからない。

車を牽く牛がこちらを向いている。

「お待ち下され」

男が言った。

男が、手をあげて合図をすると、停まっていた車がこちらに向かって動き出した。

やがて――

晴明の車に寄り添うようにして、その車が停まった。

「安倍晴明さまでござりまするか」

車の中から、声が響いてきた。

男の声である。

布が掛かっているため、届いてくる声は小さいが、それでも聴きとれるほどのものであった。

「はい」

晴明はうなずいた。

「非礼をお許し下さい。故あって、名は名のれませぬ」

恐縮した声で、男は言った。

「御用のむきは?」

晴明が訊ねると、

「何故、断わられたのですか」

男の声が言った。

「何のことでしょう」

「平貞盛さまのことです」

「ほう……」

注意深く、晴明は声をあげた。

どのような意味にもとられない声であった。

「瘡をなおすのを、断わられました」

先ほど、貞盛の屋敷であった話を、この声の主《ぬし》はもう知っているらしい。

「断わったのは、わたしではありませぬ。貞盛さまの方から断わってきたのです」

「それでも、おひきうけいただきとうございました……」

沈痛な声であった。

「何故でしょう」

「貞盛さまを、救って下さるお方は、晴明さまをおいて、他にないと思っているからでございます」

「しかし、御本人の貞盛さまにその気がなければ、わたしにはどうすることもできませぬ――」

晴明が言うと、相手はしばらく沈黙した。

やがて――

「あの男、信用できましょうか」

声が問うてきた。

「あの男?」

「蘆屋道満という男です」

「はて――」

晴明は、応えにつまった。

「やはり、信用できませぬか」

「いや、そういう意味で言いよどんだのではありません」

「では、どういう？」

「貞盛さまの御悩について、この晴明ができることであれば、それが何であれ、あの男もまたできるでしょう」

「それほどの男でござりますか」

「すぐれた方術士でござります」

「晴明さまよりも？」

「これはまた、なんとも正直なおたずねですね」

晴明は、自分の声に、多少の苦笑を含ませた。

「申しわけありません」

「あの男がどういうつもりで、貞盛さまのところにいるのかはわかりませんが、そのことについては、何か御存知ですか」

「おそらく、藤原治信さまのお口添《ぞ》えがあったのではないかと思います」

「ほう、治信さまの？」

「しばらく前、治信さまに憑《つ》いていた妖物を、あの男が落としたということです」

「ほう」

「世間に知られぬよう、そういったことを頼むにはうってつけの人物であるとか」

「でしょうね」

「しかし、わたしは、あの男、信用できませぬ」

晴明は、その声に小さく笑った。

「何か？」

相手が訊いてきた。

「ひとつだけ、御注意申しあげておきましょう」

晴明は言った。

「注意？」

「貞盛さまに会う機会がおありなら、お伝え下さい。もしも、この件で、貞盛さまが、あの男と報酬についてあれこれと約束していることがあるなら、その約定、くれぐれもたがえぬようにと――」

「たがえると？」

「なまじの憑き物より、もっと怖い男だということですよ。あの蘆屋道満というお方はね――」

晴明は言った。

四

「では、結局、その男は名を名のらなかったということか――」

訊いたのは、博雅であった。

「うむ」

晴明はうなずいた。

晴明の屋敷——

夜であった。

晴明と博雅は、簀子の上に座して、ふたりで酒を飲んでいる。

瑠璃《るり》の盃に満たされているのは、葡萄《ぶどう》で造られた胡の国の酒であった。

庭に咲きはじめた、藤の香が夜気の中に匂っている。

ふたりの傍《かたわら》に座しているのは、唐衣《からぎぬ》を着た蜜虫であった。

藤の香は、夜気のみでなく蜜虫の身体からも夜気に溶け出している。

「貞盛さまのお屋敷の御事情に通じているところを考えれば、身近にいる方なのであろうよ」

晴明は言った。

「だが、晴明よ。何故、その男はおまえにわざわざそんなことを言ったのだろうな」

「あちらにはあちらの考えがあるのだろう」

「どういう考えだ？」

「わかるものか」

「わからないのか」

「まあ、おいおい見えてくるものも、そのうちにはあるだろうさ」

「ということはつまり、晴明よ、おまえ、手をひいてしまったというわけではないのだな——」

「博雅、いつ、おれがこの件から手をひいたと言ったのだ」

「言ってはいないが、あきらめたのかとおれは思ったのさ」

「あきらめてはいない」

「しかし、あちらには、蘆屋道満殿がおられたのだろう」

「うむ」

晴明はうなずき、持っていた瑠璃の盃を簀子の上にもどした。

「色々と式《しき》を放っておいたのだがな、さすがに道満殿に見破られた」

「式を？」

「これさ」

晴明は、懐から、ふたつに畳《たた》んだ、小さな白い紙片を取り出した。

「それは？」

「蝶に見たてて、貞盛さまの屋敷の庭に放っておいたのだが、道満殿に見つけられてしまったのさ」

「――――」

「これが残っていれば、色々のことができたのだがな」

「ふうん」

「蜘蛛も一匹放っておいた」

「蜘蛛!?」

「おれの式さ」

「ほう」

「それも見つけられた。もしも、あそこに巣を張っていたら、近くで話されることくらいは、盗み聴くことができたのだが――」

「それも見つけられたというのか」

「ああ、そうだ」

「しかし、そういうことができるとは、つくづくおまえというのは怖い男だな、晴明よ」

「ふふん」

「だが、それを見つけた道満殿も怖いお方ではないか」

「そういうことさ」

「道満殿は、貞盛殿の瘡を、なおすことができるのか」

「もしも、おれにできるのであれば、道満殿にもできるであろうよ。しかし、問題は――」

「何だ？」

「道満殿が、何を考えているかということだろうよ」

「おまえでもわからぬか」

「ああ。しかし、さっきも言ったが、おれは手をひいたわけではないからな」

「ほう」

「呪《しゅ》をかけてきた」

「呪を？」

「貞盛さまにな」

「どういう呪だ」

「言葉の呪だ。その呪は、もう、貞盛さまの心の中に入り込んでしまっている」

「――――」

「何かあれば、必ずや、お声がかかるだろうよ」

「声が？」

「それまで待つ」

「待つ？」

「あの道満殿が、あそこにおられるのだ。何も起こらぬはずはないさ」

そう言って、晴明は、柱の一本に背をあずけた。

庭を見やる。

藤の房が、闇の中で重く垂れているのが見えている。

晴明の赤い唇に、小さく笑みが点った。

「どうした、晴明」

博雅が訊いた。

「何だ」

「おまえ、今、笑わなかったか」

「そうか、笑ったか」

「どうしたのだ」

「思い出したのさ」

「何をだ」

「おまえのことさ、博雅」

「おれのこと？」

「歌合わせの時に、間違えたではないか」

晴明は、庭から博雅に視線を移した。

半月ほど前に清涼殿で行なわれた、この天徳四年の歌合わせで、博雅は右方の講師をやっている。

選ばれた歌を詠む役なのだが、この時博雅は、詠む歌の順番を間違えてしまった。後で詠むべき歌を先に詠んでしまったのである。

このため、博雅が詠むはずであった歌二首が、左方に負けてしまった。

晴明は、そのことを言っているのであった。

「言うな、晴明。それは、今、おれが一番気にしていることではないか」

博雅が、不満そうに唇を尖らせた。

「すまん」

「晴明よ、おまえはそうやって、時々おれをからかうことがあるのがよくない」

「おこるな、博雅」

「おこってなどいない」

「おこっている」

「いや、あまり気分がよくないだけだ」

「それが、おこっているということではないのか」

「違う」

晴明を睨んだ博雅に、

「見ろよ、博雅」

晴明が、庭に眼をやった。

「何だ!?」

機先をそがれた博雅が、庭に視線を向けた。

「螢だ」

晴明が言った。

闇の奥――

池のあるあたりの宙に、螢の光が浮いていた。

緑色を帯びた、黄色いその光がふわりと宙を滑る。

「おう……」

思わず、博雅が低い声をあげた。

それは、今年、初めての螢であった。

巻ノ三　蜈蚣《むかで》退治

一

俵藤太《たわらのとうた》、という漢《おとこ》がいる。

大織冠《たいしょくかん》藤原鎌足《かまたり》の子孫である村雄朝臣《むらおあそん》の嫡男《ちゃくなん》であった。

正しくは、藤原秀郷《ふじわらのひでさと》。

十四歳で元服したおり、その住まいが田原の里にあったことから、俵藤太秀郷《たわらのとうたひでさと》と呼ばれるようになった。

人の口にこの人物の名がのぼる時は、俵藤太で通っている。

ものに動じない。

幼き頃より豪胆《ごうたん》で、道端で蛇を見つければこれを素手で捕え、歯で生皮を剝《は》ぎ、生のまま食べる。

元服の時に、先祖より代々伝えられてきた名剣を父の村雄から授けられた。

長さ三尺あまり。

黄金《こがね》作りの重いひと振りである。

十人張りの強弓《つよゆみ》を引き、黄金丸を上から力まかせに打ち下ろせば、鉄の兜《かぶと》もふたつに断ち割ることができたという。

銘は黄金丸《こがねまる》。

その昔——

平将門の乱があったおり、帝より命を受けて、下野《しもつけ》の国に下向《げこう》することとなった。

下向のおりに、妙な話を耳にした。

近江《おうみ》の国は勢多《せた》の大橋に大蛇が現われて、人々を脅かしているというのである。

橋の向こうとこちらをふたつに分けるように横たわり、誰もこの橋を渡ることができない。

供の者たちは、下向のおり、

「別の橋を渡って下向いたしましょう」

このように俵藤太に言った。

「おまえたちはそうするがよい。だが、おもしろそうなので、おれはひとりで勢多の大橋を渡ってゆく」

「そんなことはおやめ下さい」

と供の者たちは止めたのだが、藤太は聞かない。

「おまえたちは先にゆけ。おれはその大蛇をまたいで、後からおまえたちを追う」

言い出したら、それを曲げないのが藤太である。

そういうことになってしまった。

大弓を肩に負い、黄金丸を腰に差した。

藤太が橋にさしかかると、はたして、話の通りに大蛇が横たわっている。

長さは二十丈あまり。

胴の太さは、大人五、六人分はあろうかと思われた。

余った身体で蟠《とぐろ》を巻き、蛇は頭をあげてあたりを睨んでいる。

鱗は青や緑に光り、背には苔《こけ》が生えている。

両眼は、溶けた銅《あかがね》のごとくに光り、頭の上には十二本の角まで生えていた。

刀のような牙の間には、赤い舌が炎のごとくに踊っている。

歳経た蛇なのであろう。

いずれ、あと百年も生きれば、龍となって天にも駈け上《のぼ》りそうに見えた。

「大きかろうが、たかが蛇ではないか――」

藤太は、歩を止めることなく大股で歩いてゆくと、ひょいとその太い胴をまたいで越えた。

何事もない。

大蛇はただ、自分をまたいでいった藤太を見つめているだけである。

「ふふん」

振り返りもせずに橋を渡り、藤太はそのまま歩いてゆく。

やがて、陽が落ちかかり、藤太は近くの屋敷に宿を乞うて、そこに泊まった。

夜更け――

藤太が眠っていると、声をかけてくる者があった。

「もし、藤太さま」

起きてみれば、声をかけてきたのは、この屋敷の主《あるじ》であった。

「どうした」

「ただいま、門のところに怪しげなる女がやってまいりまして、今晩、ここに、勢多の大橋の蛇をまたいで渡っていった人物がいるはずだが、と申します」

「ほう」

「今夜、ここにお泊まりいただいているのは藤太さまおひとりでございます。もしや、藤太さま、あの勢多の大蛇をまたいでこちらへやってこられたのですか」

「なんだ、それならおれのことだよ」

藤太は言った。

「で、何だというのだ」

「もしも、あの大蛇をまたいでいった者であれば、ぜひ、お話し申しあげたいことがございますと――」

「女が言うのか」

「はい」

「おもしろいではないか」

藤太は、夜具の上に胡座《あぐら》をかき、

「ここへ通せ」

そのように言った。

「よろしいのですか」

「かまわぬ」

藤太がそう言うのでは、通さぬわけにはいかない。

主が立ちあがって出てゆくと、ほどなくひとりの女を連れてもどってきた。

その時には、藤太は黄金丸をひき寄せ、大弓を膝先に置いている。

灯火がひとつだけ点《とも》っている。

「では——」

早々に主は姿を消してしまった。

妖しい女であった。

男のように烏帽子《えぼし》を被り、青い水干を着ていた。

歳の頃なら二十歳《はたち》ばかり。

眼は、切れるように細い。

この世のものとは思われぬほどに美しい。

女は、怖いほど藤太を見つめている。

「何用じゃ」

座したまま藤太が問えば、

「たしかにあなたは、あの時大蛇をまたいでいったお方……」

女が言う。

「見ていたのか」

藤太が問うと、立ったまま女が首を左右に振る。

「あなたさまのお名前をお聴かせいただけますするか」

女は言った。

「俵藤太というのが、おれの通り名さ」

藤太が言えば、

「あなたが俵藤太さま……」

「いかにも」

「お噂は聴きおよんでおります。力がお強く、胆《はら》の太いお方と――」

「――」

「俵藤太さまなれば、わたくしを怖れずに、またいで通ってゆかれたことも、うなずけることでござります」

「わたくしと言うたか」

「人のなりをしておりますが、これは仮の姿でございます」

「ほう」

「あのあなたさまがまたいでゆかれた大蛇がわたくしでございます」

これを聴いても、藤太は驚かない。

「なるほど、そうか」

疑いもせずにうなずいた。

「して、その大蛇が、おれに何の用があるのじゃ」

藤太の言葉に、大蛇の女は、そこに腰をおとして座した。

「お願いしたきことがござります」

「願いとな」

「わたくしは、この国が開けし始めより、琵琶湖に棲んでいたものです」

「ほう」

「この二千年、棲んでおりますうちには、いろいろとたいへんな目にもあってまいりました。これまで、七度も琵琶湖の水が干上《ひあが》りかけたことがござりましたが、何とかそれも生きのびてまいりました——」

「うむ」

「ところが、元正天皇の頃より、畔《ほと》りの三上山に一匹の大百足《むかで》が棲むようになり、あたりの獣を啖《くら》い、湖に下りては魚を喰い荒らすようになりました」

「——」

「もとより、生あるものは他の生を啖《くろ》うて生きてゆくのはこの世の道理ではござりまするが、この大百足は、啖うて足りるということを知りませぬ。腹がどれほどふくれようが、飽きるまで啖い、たちまちこのあたりの獣や魚は、数が少なくなってしまいました」

「ほほう」

「わたくしは、歳経たもの故、このあたりの禽獣《きんじゅう》たちの神としてこれまで琵琶湖に暮らしておりましたので、これを黙って見ているわけにはゆきません」

「闘ったのか」

「はい。満月になるたびに、幾十年となくこの大百足と闘ってまいりましたが、敵の力は強く、わたくしの力は弱まるばかりでございました」

そういう女の顔を、灯りの中でよくよく眺めれば、顔には幾つも痣《あざ》があり、首から襟の中に向かって、ぞっとするほど深い傷がついていた。

「それは？」

首の傷について、藤太は訊ねた。

「大百足に嚙まれたものでございます。これは、先月に嚙まれたものでございますが、まだ、なおってはおりませぬ」

女は言った。

「もはや、あの大百足は、わたくしの手におえるものではありません。いずれは、あの大百足に嚙まれてわたくしも死んでしまうことでしょう」

「ふうむ」

「それで、器量すぐれた者を捜し出し、あの大百足と闘ってくれるようお願いしようと考えたのでございます」

「それで、あの橋に――」

「はい。わたくしを怖れて逃げ出すような者は駄目。もしも、わたくしをまたいでゆくような方があれば、その方こそがわたくしの求める御方《おんかた》であろうと考えたのでした」

「それで、おれか」

「これまで、何人もの人がやってまいりましたが、わたくしをまたいで行ったのは、あなたさま御一人《ごいっにん》のみでござります」

きっぱりと女は言った。

「俵藤太さま。あなたさまであれば、あの大百足を退治して下さるでしょう。お願いでござります。わたくしにお力をお貸し下されませ」

「あいわかった」

藤太はうなずいた。

「ならば、今ゆこうではないか」

藤太は立ちあがっていた。

話は早い。

藤太の顔に迷いはない。

「ありがとうござります。なれば、この屋敷より外へ出て、半刻《はんとき》も歩けば、件《くだん》の三上山を望む琵琶湖のほとりに出ます。そこで待てば、やがて大百足が姿を現わすでしょう」

そう言った女が立ちあがった時、その姿は闇に溶けるようにして消えていた。

主《あるじ》を呼ぶまでもなかった。

武器はいずれも、すぐ近くにある。

さっそく、藤太は身仕度《みじたく》を整えた。

腰には、黄金丸を佩《は》いた。

十人張りの重籐《しげどう》の大弓を脇に抱え、十五束三伏《そくみつふせ》もある大きな矢を三筋手にして湖に向かった。

藤太ただひとりであった。

月明りを頼りに夜道を歩き、湖の畔りに立った。

見やれば、湖の先に、夜空に向かって黒々と三上山がそびえている。

その上に黒雲が出て、幾つもの稲妻がそこで閃《ひらめ》いている。

——おう、これはいずれ女の話にあったあの大百足が、やがて姿を現わす時の前兆ではあるまいか。

藤太は思った。

眺めているうちにも、黒雲は広がって、星を隠し、月まで隠そうとしている。

なまぐさい風が、湖の面《おもて》を渡ってきた。

にわかに水面が荒れ、幾千、幾万の波が立って、それが藤太の立つ岸辺に寄せてきた。

太い雨粒が、ざあっと激しく湖面を叩きはじめた。

「いよいよか」

藤太がつぶやいた時、三上山のあたりが急に明るくなった。
二、三千本の松明《たいまつ》を、一時に掲げたようであった。
稲妻は走り、雷鳴凄まじく、山鳴りがした。

天地が鳴動して、ごうごうと鳴っている。

山を動かし、谷を揺さぶりあげるその音は、千万の雷が落ちたかのように思われた。

その雨と風と音の中にあって、藤太は微動だにしない。

何かが、闇の中で動いている。

おそろしく巨大なものだ。

山の樹々が、一斉に動くようにして何かがこちらに向かって迫ってくる。

見えた。

それは、赤く眸を光らせた、一匹の大百足であった。

藤太は、悠々として強弓に一の矢をつがえ、待った。

湖に、しぶきをあげて、その怪物が迫ってくる。

すると、それを迎え撃つようにして、湖の中から姿を現わしたのは、あの大蛇であった。

大百足と大蛇は、闘いはじめた。

その激しさは、湖の水の全てが、飛沫《しぶき》となって消えてしまうかと思われるほどである。

見ていると、大蛇の方が旗色が悪い。

「よし」

藤太はつがえた矢の先を大百足に向けた。

「むん」

藤太が、矢を放った。

百間離れた場所から射ても、岩を射ぬくと言われている藤太の矢が、闇を裂いて大百足の眉《み》間《けん》にぶつかった。

しかし、刺さらない。

鉄か何かにぶつかったかのように、矢がはじき返されたのである。

藤太は、第二の矢をつがえ、ぎりぎりと頬が赤くなるほど力を込めてひきしぼり、これを射た。

この矢は、またもや、大百足の眉間のあたりに当たって跳ね返った。

何度射ても矢が刺さらない。

頼みとなる残りの矢は、あと一本である。

大蛇は、大百足に押さえ込まれ、今にもその喉をぶつりと噛《か》まれそうである。

「南無八幡大菩薩」

藤太は、一心不乱に祈りながら、この矢の先を舐め、矢をつがえた。

もう、すぐそこまで怪物は迫っている。

その怪物の、赤く光る眼と眼の間をねらって、藤太は矢を射た。

弦を放たれた矢は、宙を飛んで、ぶっつりとねらった場所に突き立っていた。

「ぎいいいいっ！」

何か、叫び声の如きものが闇に跳ねた。

その瞬間、稲妻も、雷鳴も、地の轟きも、風も、雨も、波も、全てが一瞬のうちにおさまっていた。

あとは闇ばかりである。

二

「化物め、息絶えたか」

俵藤太は、そのまま宿へ帰った。

宿にした家の者たちは、起きて藤太の帰りを待っており、もどってきた藤太を見て安堵《あんど》の声

てておりました」

を洩らした。

「よくぞ御無事で」

家の主人は言った。

「突然の嵐に、雷鳴がして、地鳴りまでいたしました。いったい何ごとがあったのかと心配しておりました」

「ひと仕事すませてきたのさ」

涼しい顔で藤太は言った。

「寝る」

色々と訊ねてくる者たちにそう言って、藤太はさっさと床に入って寝てしまった。

翌朝、藤太は人をやって、湖のあたりを調べさせた。

「たいへんです、湖に、長さ三十丈はあろうかという大百足が死んで浮いております」

もどってきた者が、そう報告した。

「よしよし」

うなずいて、藤太も湖まで出かけてゆくと、こちら岸に近い浅場に、大百足の死骸が浮いて、波に揺られている。

見ればその額に、ぶっつりと藤太の放った矢が刺さっている。

「藤太さま、これは？」

宿の主人が訊ねる。

「昨夜、おれが倒したのさ」

こともなげに藤太は言った。

「しかし、このようなかたいところへ、よく矢が刺さりましたなあ」

「なに、百足は、昔より、人の唾を嫌うと言われていたのを思い出したのでな」

矢の先を舐めて、それをこいつに射こんだのだと藤太は言った。

昨夜の二、三千の松明と見えたのは、大百足の足が光っていたものらしい。

「しかし、この死骸をどういたしましょう」

主人が問う。

岸へ引きあげようとしても、大百足が重すぎて、とてもできるものではない。

「おれが何とかしよう」

藤太は、無造作にざぶざぶと湖に入ってゆき、腰から下げていた黄金丸《こがねまる》を引き抜くと、

「やあ」

百足に切りつけ、人々の見ている前で、たちまちばらばらに切り裂いてしまった。

「色々と、これまで獣や魚を啖《くろ》うていた百足じゃ。こんどはこいつが魚の餌になる番ぞ」

からからと笑いながら岸に上ってきた。

三

その夜——

眠っていた俵藤太が、何かの気配で眼を覚ますと、そこに件《くだん》の女が座していた。

「先夜は、まことにありがとうござりました」

女は深々と頭を下げ、

「さすがは俵藤太さま、あの大百足をよくぞ退治なさってくだされました。これは、その心ばかりの御礼でござります」

濡れた眼で藤太を見つめながら、このように言った。

藤太が見やれば、女の横に、巻き絹、米俵、赤銅の鍋が置かれている。

「どうぞこれをお受け取り下されませ」

「いや、礼が欲しくてしたことではない。昨夜のことは、武門の誉《ほまれ》、我が身の面目なれば、それにて充分」

藤太はこれを辞退したが、

「それではわたくしの気がすみませぬ」

ぜひとも受け取っていただきたいと言って、女は姿を消してしまった。

さて、女が置いていったこの巻き絹、いくら裁ち切って衣《きぬ》を作ってもなくならない。

米俵は、いくら米を取り出しても、いっこうに米の減る気配がない。

赤銅の鍋は、食べ物を入れれば火がなくとも自然にこれを煮る。

「なんとも不思議な重宝をもらったものだ」

屋敷の主人に請われてしばらく逗留をしていた藤太であったが、いよいよ明日は下野の国に下ろうかという時、

「やはり、これはよくないものじゃ」

このように言った。

「何がでござります」

主人が問えば、

「この巻き絹、米俵、そしてこの鍋じゃ」

藤太は答えた。

「何故に？」

「見よ。この絹と米俵があるため、近在の村から人がやってきては、あたりまえのようにこれをもろうてゆく」

何しろいくら裁ち切っても巻き絹は減らず、米は失《な》くならない。

「好きなだけくれてやれ」

藤太が言うものだから、来る者全てに好きなだけこれを与えた。

「誰も働こうとしなくなってしまったではないか」

藤太は言った。

「かようなものがあれば、国は滅ぶ」

巻き絹と、米俵、そして赤銅の鍋を、琵琶湖の岸まで運ばせた。

「これを湖に沈めよ」

このように命じた。

「なにをなさるおつもりですか、藤太さま」

「この湖の主からもろうたもの故、返すのじゃ」

村の者たちを説きふせて、全て湖の中に投げ込んでしまった。

その夜――

藤太が眠っていると、またもやあの女が枕元に姿を現わした。

「何の用か」

藤太が問えば、

「あなたさまにさしあげたものが本日もどってまいりましたので、これはいったい何ごとがあったのかと、うかがいにやってまいりました」

と、女は言う。

藤太は、理由《わけ》を話し、

「かようなものは、人の世にあってはならぬものぞ」

このように言った。

「うかがえばおっしゃる通りにございます」

女は頭を下げ、

「見れば、明日には御発《おた》ちの御様子。今夜は、あらためて、御礼をさせていただきたく」

「礼？」

「藤太さまのお腰のものでござりまするが、あの大百足を切り刻んだとあらば、いかな名刀といえども刃こぼれのひとつふたつはござりましょう」

「うむ」

「どうか、あのお刀を我らに研《と》がせていただけましょうか」

「ほほう、黄金丸を？」

「わが館にいらしていただければ、研ぎあがるのを待つ間、酒《ささ》なりとも御馳走させていただきましょう」

「さようなれば、断わる理由もない」

「では、藤太さま、そこにお立ちになっていただけまするか」

「うむ」

藤太が立ちあがると、

「眼をお閉じ下されませ」

女が言った。

眼を閉じる。

「左へ二回まわって、次は右に三回——そして、右の足から前に一歩踏み出して下されまするか」

言われた通りにした。

左へ二回、右に三回まわって、右足で前に一歩踏み出した。

「眼をお開け下されませ」

また声がした。

眼を開くと、黄金造《こがねづく》りの楼の前に立っていた。

「おう」

驚きの声をあげる間もなく、

「これへ」

女がその門をくぐった。

その後に続いて門をくぐると、庭であった。

庭には百花が咲き乱れ、えも言われぬよい匂いがする。

木々には七宝《しっぽう》の実がなっている。

その向こうに、黄金の柱で支えられた宮殿があった。

階段《きざはし》の上には宝石をちりばめた欄干《らんかん》があり、前庭には瑠璃や真珠が敷きつめられており、広間の床は水晶でできていた。

「では、こちらへお座り下され」

言われるままに座ると、

「お腰のものをお預《あず》かりいたします」

女が手を伸ばしてきた。

黄金丸を渡すと、女はそれを両手で受け取り、侍女のひとりにそれを手渡して、

「宴の仕度を――」

奥に声をかけた。

美しい衣《きぬ》を身につけた女たちが現われ、酒や肴が運ばれてきた。

女が、酒の相手をする。

楽師たちが、琵琶や月琴を弾き、笛や笙《しょう》を奏でる。

充分に食べ、充分に飲んだ。

やがて――

先ほど黄金丸を受け取って姿を消していた侍女がもどってきた。

手には黄金丸を持っており、その後方から黄金の鎧《よろい》と、赤銅の釣鐘《つりがね》が乗った車が引き出されてきた。

侍女から黄金丸を受け取った女が、

「これをお返し申しあげます」

藤太にそれを手渡した。

「こちらの鎧と釣鐘は、お返しいただいた米俵や鍋のかわりです。鎧は藤太さまの身を守るものであり、釣鐘は人の煩悩をはらうものであり、人のためにならぬものではありません。ぜひお受けとり下さい」

これには断わる理由もなく、

「いただこう」

藤太はありがたくそれをもらうことにした。

「それから藤太さま、ひとつ申しあげておかねばならぬことがございます」

最後に女が言った。

「何じゃ」

「我らでお研ぎ申しあげた黄金丸でございますが、お気をつけ下されませ」

「何をじゃ」

「我らの研いだ黄金丸、これにて切られた傷は、二十年ふさがりませぬ」

「ほう」

「黄金丸をお使いになられる時は、くれぐれも我が身を傷つけぬよう」

「心配はいらぬ。この俵藤太、間違うてもそのようなことはせぬ」

「安堵いたしました」

「では、帰るとしようか」

藤太は言った。

帰る時は、来た時とは逆であった。

眼を閉じて、左に三回、右に二回まわって左足で一歩後方に退がった。

眼を開くと、琵琶湖の岸辺に立っていた。

件《くだん》の鎧と釣鐘も傍にあった。

藤太が帰ってきたというので、村は大きな騒ぎとなった。

藤太が世話になっていた家の主人は、

「いったいどちらへ行っていらっしゃったのですか」

このように言った。

あの晩、藤太が何も告げずに姿を消してしまい、今日でひと月目になるのだという。

女の屋敷にはひと晩もいなかったはずなのだが、こちらではなんとひと月が過ぎていたのであった。

藤太は、釣鐘は三井寺《みいでら》に寄進し、自らは黄金丸と黄金の鎧を持って、下野に下って行ったのである。

四

俵藤太が、妙な賊に襲われたという話を聴き込んできたのは、源博雅であった。

博雅が、晴明にそのことを伝えたのは、件のことがあった翌日の昼のことである。

博雅にしては、珍しく牛車に乗って晴明の屋敷までやってきた。

「どういう風の吹きまわしだ、博雅?」

簀子《すのこ》の上に座し、ふたりで向き合ってから、そう訊ねたのは晴明であった。

何故、牛車でやってきたのか――

そういう意味の問いであった。

博雅は、たまに牛車で晴明の屋敷に通うこともあるが、昼に来る時、その多くは徒歩《かち》でやってくる。

このあたりが、他の者と博雅の違うところであった。

しかし、この日は、昼であるにもかかわらず、博雅は牛車でやってきた。

それを晴明は訊ねたのである。

「近ごろは、なかなか物騒だというのでな。独りでゆくと言うても、周囲《まわり》の者がそうさせてくれぬのさ」

博雅は言った。

「孕《はら》み女は襲われるし、不思議な女を頭《かしら》とした、盗らずの盗人は出るし――そういうところか」

「うむ」

博雅はうなずいてから、

「実は、また出たのだ」

そう言った。

「また?」

「今、おまえが言った、盗らずの盗人さ」

「ほう」

「晴明よ、そのことを、おまえに話しておこうと思うておれは来たのだ」

「今度は、誰が襲われたのだ」

「俵藤太殿さ」

「藤原秀郷殿か」

「うむ」

博雅はうなずき、

「今日は、宮中ではその話でもちきりであった」

気が高ぶっているのか、博雅の顔がほんのわずか赤くなっている。

「相手は、あの女ということか——」

「らしいな」

博雅が言った時、蜜虫が、盆に載せて、酒の入った瓶子《へいし》と杯を運んできた。

「では、酒で舌を濡らしてから、ゆるりとその話を聴かせてくれ、博雅」

「わかった」

博雅が言った時には、もう、ふたつの杯に酒が注がれている。

博雅は、杯に手を伸ばし、軽くそれを干してから語りはじめた。

五

俵藤太は、その時、眠っていたのだという。

その眠りから、ふいに眼覚めた。

眼覚めた途端に、その理由を理解していた。

匂いである。

甘やかな匂い。

外の闇の中では、樹々や葉や草が、昼の間溜めていたものを、夜気の中に静かに吐き出している。

発酵《はっこう》したような、その香りが闇に溶けて、夜の中に漂っている。

しかし、藤太が嗅いだのは、その匂いではない。

そういう匂いであれば、眼覚めることはない。

常とは違う匂いを嗅いだから眼覚めたのである。

梅雨の来る前の、夜の匂いとはまた別の匂い。

香を焚《た》くような匂いである。

それで眼が覚めたのだ。

これまで、嗅いだことのない匂いだ。

誰か、このような香を衣《きぬ》に焚き込めた者が、寝所にやってきたのかと思ったのだ。それで、眼を覚ましたのである。

しかし、寝所に人の気配はない。

夜具の中で、藤太は、その匂いを確かめるように、静かに呼吸をした。

その甘い匂いが、さらに鼻から入ってきて、藤太はあらたな眠気に襲われていた。

すぐに、妙だと気がついた。

常と違う何かの気配で目覚めたというのに、どうしてまた眠くなるのか。

おかしい。

この匂いか。

そう思った時には、藤太は呼吸を止めていた。

息を止めたまま、枕元に手を伸ばし、そこに置いてあった瓶子を手にとった。

藤太は、よく、夜半に喉が渇くことがある。

そういう時のために、常に枕元には水を入れた瓶子を置いているのである。

その瓶子に入った水を、夜着の左袖に掛け、その濡れた袖を口と鼻にあてた。

ゆっくりと呼吸をする。

眠気が去っていった。

その時には、もう、寝床の横に置いてあった黄金丸を引き寄せて腹に抱え込んでいる。

右手は、黄金丸の柄《つか》を握り、いつでも抜き放てるように、浅く抜いた。

そして、藤太は待った。

何が起こるのか。

闇の中で、藤太の口元には、不敵な笑みが浮かんでいる。

立ちあがり、灯りを点《とも》し、屋敷の者を起こすことも考えたが、この分では、屋敷の者は皆、この匂いで眠らされてしまっているだろう。

それに、大声をあげれば、この匂いをさらに深く吸い込んでしまうことになる。

何の目的があるのかわからないが、どこかで何者かが、この眠り香を焚いているのなら、やがて、この屋敷の中へ入ってくるはずであった。

そのために、この眠り香を焚いて、屋敷の者を眠らせたのだろう。

もし、騒いでしまったら、入って来ようとしている者たちが逃げてしまうかもしれない。

それでは――

「おもしろみがないではないか」

藤太は、闇の中で、小さく唇を動かし、声にならない声で、自分に言い聴かせた。

いずれにしろ、この屋敷が、誰のものか知らぬはずはあるまい。

俵藤太の屋敷と知ってのことであろう。

ならば――

「この藤太も、安く見られたものよ」

そんなことを、藤太は思っている。

入ってきた者を捕え、何の目的かを白状させる。

もし、人数が多ければ、ひとりを捕える。

残りは切り捨ててしまえばよい。

しかし、すぐに入ってくることはあるまい。

入ってくれば、賊《ぞく》も、この眠り香の匂いを嗅いで眠ってしまうからだ。

ということはつまり、賊が入ってきたのなら、それは、眠り香の効《き》き目がなくなったからであると考えてよいであろう。

藤太は、そこまで思いをめぐらせている。

五十代の半ばを過ぎてはいるが、まだ技《わざ》も力も衰えてはいない。

待った。

やがて——

庭に、人の気配があった。

ひとりや、ふたりではない。

三人——

四人——

寝床の中で、藤太はその人数を数えた。

「四人か」

ひそひそと、ささめくような声がする。

賊たちが、低い声で言葉をかわしているらしい。

「よかろう」

「皆眠っておる」

「俵藤太の寝床はどこじゃ」

「あちらぞ」

そういう声であった。

気配が近づいてくる。

何人かが、庭から簀子の上にあがったらしい。

蔀戸《しとみど》のあがる音。

寝所に、人が入ってきた。

「暗いな」

「捜せ。どこぞに黄金丸があるはずじゃ」

低い声が聴こえる。

「藤太は？」

「たわいもなく眠っておるわ」

「起こして問うか」

「起こすと厄介《やっかい》じゃ。捜せ」

みしり、みしりと足音が近づいてくる。

藤太は、いきなり跳ね起きたりはしなかった。

すっ、
と軽く夜具を持ち上げ、伏せたまま、近くに立っていた賊の足元に黄金丸を疾《はし》らせた。

手応えがあった。

「わっ」

と賊のひとりが叫んだ。

賊たちは、床を蹴って庭に跳ねもどっていた。

もどった時には、もう、手に刀を抜いていた。

藤太は、刀で払うと同時に、身を低くしたまま、寝所の隅《すみ》まで転がって起きあがった。

しかし、身は低くしたままだ。

片膝を突き、右手には抜き放った黄金丸を握っている。

庭に、黒装束の男が三人。刀を抜いて立っているのが月明りに見てとれた。

いずれも、顔を布で覆《おお》っている。

寝所の中に、賊のひとりがうずくまっている。

「どうした」

外から、賊が寝所の中にいる仲間に声をかけた。

「左足首を落とされた」

中でうずくまっている賊が答えた。

血の匂いが夜気に溶けている。

「黄金丸は我が手にあり」

身を低めたまま、藤太は言った。

「欲しくば奪ってみよ」

言い終えた藤太の顔に向かって、
ひゅう、
と音をたてて宙を疾ってくるものがあった。

黄金丸を振って、藤太がそれを払い落とす。

二つに切られた矢が床に落ち、矢尻のある方が床に突き立った。

その一瞬の隙に、寝所の中でうずくまっていた賊が、宙に跳ね飛んで、庭に下り立っていた。

右足だけで、自分の身体を宙に跳ばせたらしい。

なかなかの剛の者であった。

その後を藤太が追おうとすると、
ひゅう、
とまた矢が疾ってきた。

それを払い落とす。

見れば、賊たちの背後に、唐衣を着た女が、弓を持って立っている。

わずかな月明りでは、女と見えるだけで、貌《かお》だちまではわからない。

「小野好古さまの屋敷に押し入った賊と、同じ者たちだな」

藤太は言った。

「言え。何故、わが黄金丸をねらうのじゃ」

微《かす》かに、藤太の息が荒くなっている。

わずかであれ、眠り香の匂いを嗅いでいるため、身体が常と同じには動かない。

女も、賊たちも答えない。

睨み合いになった。

と——

賊のひとりが、いきなり、今しがた外へ跳び出した仲間に向かって刀を振りあげ、切りつけた。

肉と骨を断つ音がした。

切りつけられた賊の、左脚の膝から下が脛《すね》のところで切り落とされていた。

脛を切り落とされた賊は、叫び声をあげなかった。

低い声で呻《うめ》いただけだ。

「黄金丸の傷は治らぬからな」

仲間の脛を切り落とした賊が、つぶやいた。

「去《い》ぬるぞ」

賊が言った。

賊のふたりが、足を切られた賊を、ふたりがかりで担ぎあげた。

賊四人と、女が、闇の中を走り出した。

「待て」

藤太は、賊たちを追って、庭へ降りた。

走り出そうとした時、ふいに気がついた。

眼の前に、大きな石があった。

覚えのない石であった。

うずくまった牛ほどの大きさの黒い石だ。

こんなところに、こんな石などなかったことを、藤太は知っている。

思わず、足を止めた。

その時、その、牛ほどもある石が、動いた。

石から、わらわらと、長い毛むくじゃらの黒い手足が生え出てきたのである。

それは、巨大な、黒い蜘蛛であった。

八つの眸《め》が、赤く闇の中で光っている。

その蜘蛛が、藤太目がけて襲いかかってきた。

「ぬうっ」

藤太は、黄金丸で、蜘蛛に切りつけた。

どさりと、太さが人の腕ほどもある蜘蛛の脚の一本が、地に落ちた。

さらに切りつけようとした時、蜘蛛は七本の脚でざわざわと庭の植え込みを分け、奥の塀のところまで疾り寄ると、たちまちその塀を越えて、外へ逃げてしまった。

その時には、もう、賊も女も、そこから姿を消してしまっていたのである。

六

「小野好古殿のお屋敷に入った、賊と同じ連中の仕業であろうと言われているのだが、いや、それにしてもさすがは俵藤太殿だな——」

博雅は、やや興奮した口調で言った。

「宮中では、今、その話でもちきりなのだよ、晴明——」

「そうか、藤太さまのお屋敷か——」

晴明は、何か思うところがあるのか、素っ気ないほど声が落ちついている。

「後には、切り落とされた賊の足首と脛が残っていたというのだが、これもまた凄まじい話だ」

「うむ」

「酷《むご》いような気もするが、押し入ってきたのは賊の方だし、まかり間違ったら藤太殿が生命を落としていたかもしれぬことを思えば、しかたのないことなのかもしれぬよ」

晴明につられたのか、博雅も声の調子を落としている。

「黄金丸で切られた傷口は二十年ふさがらぬというから、黄金丸で落とされた足首の切り口を捨てるために、もう一度脛を切り落としたのだろうな」

晴明が言った。

「しかし、その黄金丸、いったい賊は何故欲しがっていたのだろうかな、晴明よ」

「そこまでおれにわかるものか。藤太さま御本人はどのように言っているのだ」

「覚えがないと言っている」

「そうか……」

つぶやいた晴明が、何か思いついたのか、ふいに顔をあげた。

「そうか、黄金丸か」

「何だ、晴明」

「小野好古卿に、平貞盛さま、そして今度は俵藤太さまと黄金丸……」

晴明が、何か思い出そうとでもするように言葉を切った。

「何か、わかったことでもあるのか」

「わかったということではない。ひとつ気がついたのだ」

「何に気がついたと言うのだ」

「いや、今はまだ言わぬ方がいいだろう。何もはっきりはしておらぬしな」

「おい、晴明——」

「何だ」

「教えてくれてもいいではないか」

拗《す》ねたように博雅は言った。

「もったいぶるのは、おまえの悪い癖だ」

「別にもったいぶっているわけではない」

「水臭いではないか、晴明」

「いや、間違ったことを言って、事がややこしくなってもつまらぬしな」

「晴明、おれは、おまえから今何を耳にしても、黙っていろと言われれば、誰にも言わぬぞ」

「いや、事はそう簡単なものでもなさそうなのだ。おれの考えていることが当たっているのならな」

「しかし——」

「もう少し待て、博雅。誰かに言って、おまえに言わぬというのではない。もしこのことを誰かに言うことがあるとするなら、おまえに一番先に言う。それで今は許してくれぬか――」

「わかった……」

まだ、納得しかねているように頬をふくらませ、それでも博雅はうなずいていた。

「で、博雅よ、来たぞ」

晴明は言った。

「来た？　何のことだ」

晴明は話題を変えようとしているのだが、博雅はまだ気づかない。

「平貞盛さまのところからだ」

「そのことか」

「ああ、来た」

「ということはつまり、あの方ではうまくゆかなかったということだな」

あの方――蘆屋道満のことである。

「さあ、それはまだわからぬがな。おまえの来る前に、貞盛さまのお屋敷から使いの者がやってきて、明日にでもぜひ来てくれぬかと言ってきた」

「それはつまり、道満殿では手におえなかったということではないのか――」

「明日、ゆけばわかるだろう」

「ゆくのか、明日」

「ゆく」

「しかし、道満殿でもなんとかならなかったということは――」

「どうだというのだ」

「おまえが言ってたのだぞ、晴明。自分にできることは道満もでき、道満がやってだめなら自分がやってもだめであろうとな――」

「それは、少し違うがな」

「どう違う」

「道満殿が何もせずに、このおれがやっていたら、道満殿と同じようなことになっているかもしれぬが、このおれは、これから何をやるにしろ、道満殿が何かをしたその後からやるということだ」

「ほう」

「道満殿が、最初に何をやったかだが、そのことがおれにとって良く働くか悪く働くか、それはまだわからぬだろうよ」

「あれから、何日過ぎたのだ、晴明。三日か、四日か――」

「四日だ」

「晴明よ、おまえ、ひとりでゆくつもりではあるまいな」

「おまえも、行くか、博雅」

「ゆく」

「わかった、では、一緒にゆこう」

　晴明はうなずき、

「しかし、それならそれで博雅よ、ひとつやってもらいたいことがあるのだが、どうだ、頼まれてくれぬか」

「何だ」

「そう難しいことではない」

晴明は言った。

巻ノ四　瘡鬼

一

明るい陽差しが、庭に注いでいる。

松の樹にからんだ藤から、果実のごとくに重く咲いた藤の花が、幾つも下がっている。

紫とも、青とも見えるその色が眩しい。

すでに、出かける仕度は済んでいた。

晴明は、簀子の上に座して、博雅のやってくるのを待っていた。

揚羽蝶《アゲハ》が、何羽も庭を舞っているのが見える。

青葉が、日毎に濃くなっている。

陽差しの中にいると、風が吹かねば肌が汗ばむほどだが、桜の青葉をさわさわと絶え間なく揺する程度には心地よい風がある。

晴明は、藤の花にからむように舞う揚羽蝶を眼で追っていた。

そこへ——

羽を指差した。


「晴明さま」

声が響いた。

声の方を見やると、晴明の背後に、唐衣を着た蜜虫が立っていた。

「蘆屋道満さまがお見えでございます」

蜜虫が言った。

「ああ、わかっている」

晴明はうなずいた。

「こちらへ、お通しいたしますか」

「その必要はない」

晴明は、庭に眼をもどしながら言った。

「もう、こちらにおいでだ」

晴明は、右手を持ちあげ、細い人差し指を立てて、その指先で、庭を飛んでいる揚羽蝶の一羽を指差した。

すると——

晴明に指差された一羽の黒い揚羽蝶が、宙を舞いながら晴明の方に近づいてきた。

その蝶が、立てた晴明の指先にとまった。

蝶は、晴明の指先で、羽根を開いたり閉じたりしている。

その蝶のとまった指先を顔に近づけ、

「昨日から、この蝶を庭へ放っておいでででしたね」

蝶に向かって晴明は言った。

「いかにも」

そう答える声が響いた時、揚羽蝶は、はらりと簀子の上に落ちていた。

黒い揚羽蝶と見えたのは、蝶に似せてふたつに折られた黒い紙であった。

「ようわかったなあ、晴明」

道満の声が響いてきた。

庭からだ。

藤をその身に巻きつかせた松の、一番高い枝に、ひとりの老人が腰を下ろしていた。

黒い水干《すいかん》を身に纏《まと》った老人であった。

「何か、御用でござりますか、道満さま」

晴明は、松の枝に座した老人に向かって言った。

「おう、用事じゃ」

松の上で、道満が言った。

ふわりと、道満の身体が宙に浮いたように見えた。

とん、
と宙から道満が庭の石の上に降り立った。

その石を降り、足で庭の草を左右に分けながら、道満が近づいてきた。

白い髪の中に右手を差し込み、きまり悪そうな笑みを浮かべながら、こりこりと音をたてて頭を掻いている。

晴明の前までやってくると、

「しくじった……」

ぼそりと道満は言った。

「道満さまでも？」

「うむ」

頭を掻くのをやめて、道満は晴明を見やった。

「おまえがやってもしくじっておったところだ、晴明」

「承知しております」

「ふふん……」

笑うでもなく、小さく鼻を鳴らして、道満は簀子の縁に腰を下ろした。

「貞盛のところから、声がかかったそうだな――」

晴明は、さっきまで蝶であったものを見やり、

「昨日の、わたしと博雅の話を、あれで聴かれましたな」

「うむ」

道満は、うなずき、

「これからゆくのか」

晴明に訊ねた。

「はい」

晴明は、道満を見つめながら言った。

それきり、黙った。

しばらくの沈黙があった。

「訊かぬのか」

先に口を開いたのは、道満であった。

「訊く？」

「貞盛のところで、何があったかをだ」

「訊けば、お答えいただけるのですか」

「いいや」

「でしょうね」

「貞盛自身の口から聴くがよい」

「そういたします」

晴明は、紅い唇に、微かに笑みを浮かべ、

「本日は、どのような御用で？」

道満に訊ねた。

「わしはな、おまえならあれをどうするか、それを見物させてもらおうと思うてな」

「見物でござりますか」

「そうじゃ」

「よほどのことがあったのですね」

「なあ、晴明――」

道満は、何か不満のある子供のような眼で晴明を見た。

「はい」

そう言って、晴明は、また笑った。

「何がおかしい？」

「やはり、何かおっしゃってはおきたいのでしょう？」

晴明が言うと、

「まあ、そうじゃ」

道満は、また頭を指先で掻いた。

「うかがいます」

晴明は言った。

「あれはな、とんでもないしろものぞ」

道満は言った。

「ほう」

「何かが、憑《つ》く、憑かぬというような具合のものではない」

「では、どのようなものと？」

「うまいたとえがきかぬ」

「――――」

「へたをすれば、この都がひっくり返るようなものじゃ」

「都が？」

「おう」

道満の声に、勢いがもどっている。

「都がひっくり返るのじゃ」

楽しそうに道満は言った。

「保憲めも、そのあたりのところは気づいておるのであろうな」

「保憲さまも？」

「だから、ぬしを頼んだのであろうよ。晴明――」

「――」

「しかし、都がどうなろうと、このわしはかまうことはない。どうだ、晴明!?」

「どうとは？」

「腹の底では、ぬしも、この都なぞどうなってもよいと思うているのであろうがよ」

「そのように見えますか」

「見える」

「――」

「まあ、よいわ、晴明」

腰をあげて、道満は、また草の中に立った。

その道満の周囲を、あの黒い揚羽蝶が舞っている。

さっきまで、紙片となって簀子の上に落ちていたはずのものであった。

その揚羽蝶が、晴明の方に舞ってくる。

「それを連れてゆけ、晴明」

道満が言った。

「それは、勝手におまえについてゆく。いやであれば、好きに始末せい」

「はい」

晴明はうなずいた。

「楽しみにしておる」

そう言って、道満は背を向けた。

「見物させてもらおう」

草を分け、庭を歩いてゆき、やがて、屋敷の角を曲がってその姿が見えなくなった。

それを見送った晴明の左肩に、揚羽蝶が止まっていた。

二

ごとり、ごとりと、牛車の車が土を踏んでゆく。

広めに造られた牛車の中に、晴明と博雅は座している。

車が、土を嚙む音が、腰から背に響く。

晴明も、博雅も、無言であった。

博雅は、何か晴明に語りかけたいのだが、晴明がずっと無言でいるため、話しかけるのがためらわれているのである。

道の、半分も来たかと思われる頃――

「博雅よ」

晴明が、ようやく口を開いた。

「何だ、晴明」

晴明が声をかけてくるのを待っていた博雅は、ほっとしたような声で言った。

「覚悟をしておけ」

低い声で晴明は言った。

「覚悟？」

「うむ」

「どういうことだ」

「どうやらおれたちは、かなり剣呑なことに巻き込まれているらしいからな」

「どういうことだ、晴明——」

「わからぬ」

晴明は言った。

「まだ、おれにも、何が起ころうとしているのか見えてはいないのさ」

三

晴明は、円座《わらざ》に座して、平貞盛と向きあっていた。

ふたりの間には、以前と同様に上から御簾《みす》が下がっており、貞盛の姿はさだかには見えない。

貞盛は、御簾の向こうで繧繝縁《うんげんべり》に座している。頭に、布を被《かぶ》って、眼だけ出しているのも前回と同様である。

この前の時は、ふたりのみで会ったが、今回は、他に三人の人間がいる。

晴明と並んで座しているのは、源博雅であった。

他のふたりは、横手の少し離れた場所に、やはり並んで座し、晴明の方をうかがっている様子であった。

晴明と博雅がここへ通された時から、すでにふたりはそこにいた。

ひとりは、六十歳になったかどうかという年齢の老人で、痩せて、ひょろりとした体軀を小さく丸めるようにしてそこに座している。

もうひとりは、四十歳前後であろうか。表情を固くして、唇を結んでいる。

「よう来られた、晴明殿——」

御簾の向こうで、貞盛が言った。

「結局、呼ぶことになってしまったな」

「はい」

晴明がうなずく。

「源博雅様もお越《こ》しとは、思いませなんだ……」

「わたしがお願い申しあげて、来ていただきました」

晴明が言った。

「ほう？」

理由を問うように、貞盛がうなずいた。

「かようなことについての博雅様のお見立てには、たいへん秀《すぐ》れたものがございます。博雅様のお口添《ぞ》えによって、この晴明、おおいに助けられたこと一度や二度ではございませぬ」

晴明は、慇懃《いんぎん》に頭を下げた。

「もしも、お邪魔であればすぐにも退出いたしますが――」

博雅が言った。

「わざわざおいでいただいた博雅さまを御退出させたとあっては、この貞盛の顔が立ちませぬ。この件については、こちらは晴明殿にお願い申しあげた身でござりますれば、晴明殿がお連れした御方を、どうしてわたしが拒《こば》めましょうか」

貞盛は言った。

それで、この件についての話は済んだとでもいうように、貞盛は話を転じた。

「本日、あちらに控えておられるのは、医師《くすし》の祥仙《しょうせん》殿じゃ……」

貞盛が言うと、老人は、

「祥仙にござります」

晴明と博雅に向かって一礼をした。

「その横におりますのが、わたしの子で、維時《これとき》と申します」

貞盛に言われて、若い方の男は、晴明を見つめながら、慇懃に頭を下げた。

顔をあげ、少し間を置いてから、

「維時にござります」

そう言った。

「そもそも、この瘡《かさ》ができたのは十九年前のことでな。以来、祥仙殿にはなにかとお世話になっておる」

貞盛は言った。

「十九年前？」

「その時は、祥仙殿のおかげで、十日ほどで快癒《かいゆ》したが、今年になって、またこれが現われたのじゃ」

「これ？」

「我が瘡のことよ」

貞盛の声が、御簾の向こうから届いてくる。

布を被っているため、声がくぐもっている。

「この瘡については、わしに問うよりはこの祥仙殿に問うていただいた方がよろしかろうと思い、本日この場にお呼びした次第じゃ」

「十九年前は、どのようなことをなされたのですか？」

晴明が、祥仙に訊ねた。

「紫雪の一服を水二分と和して、これを日に三度お飲みいただき、合わせてわたくしの調合いたしましたる薬を塗らせていただきました」

「薬？」

「硫黄と麻油を合し、これに八角附子、苦参、雄黄を煎じたものを和して、そこに塗らせていただきました」

祥仙は言った。

なるほど、瘡を治すのには一般的な治療法である。

「それで、十日？」

「はい」

「今度《こたび》も、始めは祥仙殿がみられたのですね――」

「ええ」

「いつから？」

「今年に入ってからほどなく瘡にかかられて、わたくしが呼ばれたのです」

「このたびは、どのようなことを？」

「十九年前と、同じことをいたしました」

「それで――」

「しかし、少しも良くなる気配はみせず、瘡は広がるばかりでござりました」

「ほう」

「あれこれと手を尽くしましたが、今度ばかりは手におえませぬ」

「今度の瘡は、十九年前のものとは違うのですか？」

「わたくしの見る限りは、以前のものと同様の瘡であると――しかも、この瘡、十九年前だけでなく、これまでも、何度か貞盛様の顔に現われ、そのたびにわたくしが、治してきたものにござります」

「これまでに、何度か治されてきたのなら、そのおりにやった法と同じことをやって今度《こたび》は治らぬというのはいかなる理由なのでしょう？」

「さあ、それが、わたくしにもわかりかねるところでございます」

「まだうかがっておりませんでしたが、どのような瘡なのですか――」

「それが……」

「何か？」

「今、わたくしは瘡と呼びましたが、実はわたくしにも、あれが何であるかよくわからぬのでございます」

細い身体を折るようにして、祥仙は溜め息を吐いた。

「普通、瘡と言えば、丁瘡から始まって、癬瘡、皰瘡、丹毒瘡、疥瘡、浸淫瘡、夏熱沸爛瘡、王爛瘡、反花瘡、月蝕瘡、漆瘡と、色々ございます。痒《かゆ》きものは癬瘡、疥瘡――丁瘡などは、搔きて破れば汁を出し、衣服が触れても痛い。搔けば卵の如くに膨らんで、搔き破れば汁を出し、赤黒くなって嗅げば臭い――」

「はい」

「いよいよとなれば、切るか針で突くかして汁をわざと出して治すこともございます」

「はい」

「しかし、貞盛様の患《わずら》っておられる瘡は、そういうものではございませぬ」

「どのようなものでございますか」

「それは、これ以上わたくしがとやかく言うべきものにあらず。晴明殿自身にて御覧《ごらん》ずれば、百の言を弄するよりずっと早かろうと思われます」

「なるほど――」

晴明はうなずき、

「祥仙殿の言われる通りでござります」

御簾の向こうをうかがうように、視線をそちらへ向けた。

「――覚悟はしておる」

御簾の向こうから、胆のすわった貞盛の声が響いてきた。

「晴明殿、これへ」

貞盛が言った。

「では――」

晴明が立ちあがった。

晴明は、左側から御簾の向こう側へ入っていった。

「博雅様は、いかがなされますかな」

貞盛の声が響いてきた。

「よろしいのですか」

博雅が言った。

「むろん」

言ってから、

「維時――」

貞盛は、先ほどから黙したまま座している維時に声をかけた。

「面倒じゃ。この簾を上げよ」

維時が躊躇《ちゅうちょ》したのは、ほんの一瞬であった。

「はい」

うなずいた維時は、立ちあがって御簾に近づき、それを上へ巻きあげた。

布を被って座している貞盛の姿が、御簾の陰から現われた。

「博雅様、今夜どのような夢を御覧になるかまでは、この貞盛も責任が持てませぬぞ」

貞盛の声には、挑むような響きがあった。

言い終えて、ひと呼吸の後、貞盛は自らの手で、被っていた布を取り去った。

その下から現われた貞盛の顔を見た時——

あっ、
という声が出かかるのを、博雅は危うく喉の奥に呑み込んでいた。

それは、奇怪な顔であった。

顔の、ほぼ半分が、幾つもの瘤《こぶ》のごときもので埋まっていたのである。

瘤のひとつずつは、卵ほどの大きさであろうか。

それが、二十、三十、いや、その瘤の上にさらにまた瘤のようなものが生じているので、その数、百を越えるだろうか。幾つかの瘤がくっついて、ひとつの巨大な瘤になっている箇所もあった。

右眼は、その瘤でほとんど埋まっていて、かろうじてそれとわかるほどの細い隙き間になってしまっている。

瘤は、頭の上にもできており、瘤ができたところは髪があらかた抜け落ちてしまっているため、髪があるのは頭の左半分だけであった。

博雅が顔をそむけなかったのは、あまりの凄まじい光景のため、視線がそこに張りついてしまっていたからである。

そして、その瘤の表面は、赤黒く色が変わり、何度も指の爪で搔きむしったのか、傷つき、破れ、そこから血膿《ちうみ》が流れ出していた。

「いかがかな」

貞盛が言った。

布が取り払われたにもかかわらず、まだ声にくぐもったような響きがあるのは、唇の右側が、瘤とも瘡ともつかぬもので変形してしまっているからであろう。

「ああ、痒い……」

貞盛が言った。

「こうして風に触れると、また痒みが襲ってきて、指でばりばりと搔きむしりたくなってしまうわ……」

そう言う貞盛の顔を、横から、晴明は平然と眺めている。

「貞盛さま――」

晴明は言った。

「何じゃ」

貞盛がうなずく。

「この瘡でござりまするが、いちどきに顔のあちこちから出てきたものでござりまするか――」

「違う」

「最初は、どのあたりからでござりまするか――」

「ここじゃ」

貞盛は、右手の人差し指を、自分の額の右側にあてた。

そして――

「むう……」

声をあげた。

人差し指を鉤《かぎ》状に曲げ、

「痒い……」

「痒い……」

呻《うめ》くように言った。

「こうしていると、ここを指でほじりたくなってしまう」

貞盛は、身体をぶるぶると震わせた。

身の裡《うち》からこみあげてくる強い欲求に、全身で耐えているようであった。

貞盛は、指先をようやく額の瘤から離した。

「失礼いたしまする」

晴明は、右手を伸ばし、貞盛の額の右側に掌を当てた。

一番瘤が盛りあがり、生乾きの血膿が一番厚くこびりついているところである。

晴明は眼を閉じ、口の中で、小さく何かの呪《しゅ》を唱えはじめた。

と——

「む!?」

晴明は、呪を唱えるのをやめて、眼を開いた。

「これは……」

小さくつぶやいた。

「妙な……」

掌をあてたまま、晴明が不思議そうな顔をした。

「何じゃ……」

貞盛は問うた。

「いえ」

晴明は小さく言って、

「この場所は、以前、何かの傷があった場所ではござりませんか」

貞盛に問うた。

「いかにも——」

「何の傷でござりましたか？」

「刀傷じゃ」

「それは……」

と晴明が何かを言いかけた時、晴明の掌の下で、ぐりっと瘤が動いた。

もこりもこりと瘤が動き、ふいにそこの瘤がめくれあがるように開いた。

さっきまで、刃さえ入らぬ細い隙き間のようであったものが丸く開いて、そこからぬれぬれと血膿で濡れた眼球が現われた。

その眼球が、
ぎろり、
と晴明を睨んだ。

「無駄じゃ無駄じゃ」

貞盛は言った。

「この前の爺いも、そこまではわかったようじゃがな」

しかし、それは先ほどまでの貞盛の声ではなかった。

「しかし、どうすることもできなんだではないか」

嗄《しわが》れた、不気味な声だ。

ふいに、貞盛が別の人間に変じてしまったように見えた。

「また、現われたな」

同じ唇が言った。

その声は、しばらく前の貞盛の声だ。

「おう、どこぞの陰陽師にでも、また頼んだか」

これは、貞盛ではない別の声であった。

「わが口を使うて、何を言うか」

「無駄じゃ無駄じゃ」

「退《の》け、この妖物め」

「ふふふ」

貞盛の唇が、別の声で笑う。

「おい」

「くくく」

「退け」

「かかかかか」

笑っていたその声が、ふいに、慟哭《どうこく》の声に変じた。

「ああ、哀しや。ああ、苦しや」

貞盛が身をよじる。

「誰ぞ、この我が身を救うてくりゃれ」

首を左右に振る。

「痛や、痛や……」

「哀しや」

「苦しや」

「切なや」

すでに晴明は手を離し、貞盛と、貞盛ではない別の声でしゃべる唇を見つめている。

「糞《くそ》、これは、我が唇ぞ、我が声ぞ。それをぬしにとられたままに置くと思うなよ」

貞盛が、片膝を立てて首を左右に振った。

「どうするのじゃ」

「こうじゃ」

言い終えるなり、貞盛は、自分の歯で、自分の下唇を、がりっと噛んでいた。

巻ノ五　牛車問答《ぎっしゃもんどう》

一

牛車が、進んでゆく。

ごとり、ごとりと、車が地を踏んでゆく。

晴明は無言であった。

それに合わせるように、博雅もまた口を閉じている。

しばらく前に、平貞盛の屋敷から出てきたところであった。

牛車に乗り込み、そのままふたりは黙っている。

博雅は、時おり晴明の様子をうかがうように、その顔に眼をやるのだが、晴明はそれを知ってか知らずか、視線を虚空に向けたままだ。

焦《じ》れたのは、博雅であった。

「なあ、晴明よ」

博雅は、晴明に声をかけた。

しかし、晴明はまだ遠くへ視線を向けたままだ。

「晴明」

博雅が声を大きくすると、ようやく晴明の視線が博雅にもどってきた。

「何だ、博雅」

「さっきのことさ」

「さっきの？」

「何かわかったのか。あれはいったい何だったのだ」

「わからぬ……」

晴明は短く言った。

「なに!?」

「あれは、とてもひと口に言えるものではない」

「別におれは、ひと口で言えなどと言ってはおらぬぞ」

「それはそうだが——」

「どうなのだ」

「道満殿が言われた通りだな」

「何のことだ」

「あれが、とんでもないしろものだということさ——」

「——」

「単に何かが貞盛さまに憑いているとか、そういうものではない」

「落とせぬということか」

「ある意味では、あれは貞盛さまでもある」

「なに!?」

「貞盛さまそのものが、あのようなものに変じかけているのだ」

「な、な——」

「あれを落とすとか、消すとかいうことは、つまり——」

「つまり?」

「貞盛さまそのものを消してしまうということになりかねぬだろうよ」

「あきらめるのか」

「そうは言っておらぬ」

「どうするつもりだ」

「少し、思うところがあるのでな。二日後か三日後に、もう一度ゆくつもりだ」

「さっきも、貞盛殿にそう言っていたな」

「うむ」

「さっきは、貞盛殿がひとまず落ちついてくれたので、おれもほっとしたよ」

「そうだな」

「貞盛殿が、御自分の唇を嚙み切ろうとした時には、おれもどうなることかと思ったのだが——」

「しかし、気になるのは道満殿だな」

「ああ」

「道満殿が、おれの前に何をやったのかということだが——」

「訊きそびれてしまったな」

博雅が言った。

正気にはもどったものの、貞盛の下唇はぶっつりと切れ、血が夥《おびただ》しく流れて、とてもそれを訊ねているどころではなかったのである。

「本日のところは、御様子をうかがいに来たものであり、今後のことはまた日を改めて参上し、お話をいたしましょう」

晴明は、そう言って、貞盛の屋敷を辞してきたのであった。

「しかし、二日後、三日後とは言わず、案外に早く、それは聞くことができるかもしれぬぞ——」

「どういうことだ、晴明——」

「おれの考えている通りなら、じきにわかるさ」

晴明は、素っ気なく言った。

「それよりも、博雅、おれの頼んだことについてはどうなったのだ」

「おう、あのことか」

博雅はうなずき、

「藤原師輔《ふじわらのもろすけ》殿と、源経基《みなもとのつねもと》殿の御様子をうかがってきてくれということであったな」

「うむ」

「身辺に、何やら妖《あや》しいことが起こってはいないか、御病気になったりはしていないか、そういうことを調べてきてくれということだったはずだ」

「その通りだ」

「師輔殿については、特にこれといったものはなかったな。常の通りの御様子であったし、妙な噂も耳にはしていない」

「源経基殿は？」

「こちらは、あった」

「あった？」

「どうやら、御悩《ごのう》であるらしい」

「詳しく聞かせてくれ、博雅」

「うむ」

博雅はうなずき、そして語り出した。

二

源経基が、初めてその夢を見たのは、ふた月ほど前のことだという。

夢の中に、白装束を身に纏《まと》った女が姿を現わしたというのである。

右手に、槌《つち》を持っている。

左手には、五寸ほどの釘を持っていた。

顔はよくわからない。

その女が、眠っている経基に近づいてくる。

声をかけようとしたが、声が出ない。

何やら恐ろしげな様子である。

逃げようと思うのだが、逃げられない。

身体が石の如くに重く、起きあがれないのである。無数の手が、上から自分の手足を押さえつけているような気もする。

後になれば、これが夢であったとわかるのだが、その時は夢とは思っていない。

女は、眠っている経基の足元に立った。

上から、凝《じ》っと経基を見下ろした。

経基は、しかし、わずかにも身体を動かせない。

ただ、その女を下から見あげているだけである。

恨めしげな眼で、経基をしばらく眺めてから、女はしゃがんだ。

持っていた釘の先で、経基の夜具を引っ掛けて持ちあげ、めくりあげた。

経基の両足が露わになった。

風が冷たく足の素肌に触れてくるのがわかる。

女は、釘の先を、経基の右足に当てた。ちょうど、脛《すね》の骨のところである。

そして——

かん、
と、持っていた槌で、釘の頭を叩いた。

ごつん、
と釘の先が脛の骨に当たり、中に潜り込む。
激痛があった。
が、叫ぼうとしても声が出ず、逃げようとしても身体は動かない。
一度ではなかった。
二度、三度、四度……
何度も女は槌で釘の頭を叩く。
叩かれるたびに、釘は脛の骨の中に、みりみりと潜り込んでくる。
とうとう、釘一本まるまるを頭まで打ち込んで、ようやく女は立ちあがった。
夜具をもどし、経基を見下ろして、女は優しげな顔で微笑した。
「また参りましょう……」
赤い唇で、女はそうつぶやいた。
背を向けて、女は、ゆっくりとした足どりで外へ出ていった。
翌朝——
眼が覚めても、経基はその夢のことをよく覚えていた。
怖い夢だった。
件の右足を見たが、もちろんそこには釘など打ち込まれてはおらず、傷跡もない。
ただ、そのあたりが少し熱っぽい。
あんな夢を見たから熱っぽいのか、そこが熱っぽいからあんな夢を見たのか。

いずれにしろ、そういう夢を、たまには見ることもある。

しかし——

七日後に、また同じ夢を見た。

眠っている経基のもとへ、あの白装束の女がまたやってきて、釘を打ち込んでいったのである。

今度は、左足の脛であった。

やはり、身体は動かず、声も出ない。

「また、参りましょう」

女は、そう言って前回と同じように去っていった。

翌朝、やはり左足が熱っぽかった。

そう言えば、七日前の右足も、まだ熱っぽい。

二度も似たような夢を見るというのも不思議だが、似た夢を何度も見るというのもまたないことではない。

気にせぬようにしていたのだが、さらに七日目の晩に、また同様の夢を見た。

今度は、右足の膝であった。

膝の骨に、五寸の釘を打ち込まれたのである。

三度目になって、ようやく、経基は自分の身に何か起こっているのではないかと思いはじめた。

四度目があるとしたら、また七日目の晩であろうと思った。

思った通りであった。

七日目の晩に、夢の中にまたあの女が現われて、今度は左膝の骨に、釘を打ち込んでいったのである。

これは、何かある。

誰かが、自分を呪咀《ずそ》しているのではないかと経基は思った。

釘を打たれる場所が、だんだんと上にあがってくるのがなんともおそろしい。

五度目にいたって、ついに経基は陰陽師を雇って占わせた。

「誰ぞに恨まれておいでですな」

と陰陽師は言った。

「相手は誰じゃ」

経基は問うたが、

「わかりませぬ」

陰陽師は首を左右に振った。

「お所がえをなさればよろしいでしょう」

陰陽師は、そのように告げた。

次の七日目の晩に、経基は、わざわざ通っている女のもとへ出かけ、そこで夜を過ごすことにした。

ところが――

眠っていると、また、あの女が夢の中に現われたのである。

「かようなところへおいでてでござりましたか――」

現われた女は、経基を見下ろして、なんとも優しいぞっとするような表情で微笑した。

女が立っていたのは、足元ではない。

枕元であった。

額に、釘の先をあてがわれた。

槌が振り下ろされた。

がつん、
ずぶりと釘が鉢の骨を割って、頭の中へ潜り込んできた。

この時の恐怖はもう言いようがない。

女は、経基の顔のすぐ上で、優しい微笑を浮かべて見下ろしている。

釘が打ち込まれてくる。

次の日からは、頭が熱っぽく、ずっと頭痛がした。

釘を打たれたあたりから、頭の芯に向かって、ずきずき痛みが走るのである。

次の七日目の晩には、ひと晩中陰陽師につき添わせて祓《はら》わせたが、やはり女は現われた。

枕元で、陰陽師が指で印を結んで何か唱えているのだが、その横を、女は平気で通り過ぎてきた。

陰陽師には、女の姿が見えていないのである。

女は、経基の耳に唇を寄せ、

「無駄なことを――」

そう囁いた。

今度は、耳であった。

耳の穴の中に、釘を打ち込まれたのである。

全身に熱が出た。

釘を打ち込まれたところを中心にして、身体中が痛む。

身体中に熱がある。

宮中に上ることもできなくなってしまった。

三

「それで、今、経基殿はずっとお宅でふせっておいでになるのだよ」

博雅は言った。

「なるほど」

晴明はうなずいた。

「なあ、晴明よ。これは、今度《こたび》のことと関係でもあるのか」

「さあて──」

「好古殿のところへやってきた女と、経基殿の夢に出てきた女とはつながりがありそうな気もするのだがなあ」

「いや、まだそう決めるのは早かろうよ」

「しかし、晴明、何故、経基殿と師輔殿について調べよとおれに頼んだのだ」

「気になることがあったのでな」

「何なのだ、その気になることというのは？」

「博雅よ。このことについては、おまえもおれも、知っていることについてはあまりかわらぬ」

「だから何だというのだ」

「考えれば、おまえにも見当がつくであろうということさ」

「いや、わからぬ。わからぬからおまえに訊ねているのではないか」

そこまで言った博雅に、

「待て――」

晴明は言った。

「どうした」

「さっき、じきにわかるかもしれぬと言ったろう」

「何のことだ」

「道満殿が、貞盛さまのところで何をしたかがだ」

「なに？」

「どうやら来たらしい」

晴明が言うのと同時に、軸を軋《きし》ませて牛車が停まった。

何事かと、博雅が簾をあげて外を覗けば、牛車の前に、ひとりの女が立っていた。

青い袿《うちぎ》を重ね着して、頭からは顔が見えぬように被衣《かつぎ》を被っている。

「安倍晴明様と、源博雅様の御車にてござりましょうか」

被衣の中から女の声が響いてきた。

牛飼い童が答える前に、

「安倍晴明じゃ」

中から晴明が声をかけた。

女が、牛車の横に歩み寄ってきて、立ち止まった。

「晴明様に、お会いしたいと申されているお方がござります」

女が言った。

何の用かとは、晴明は問わなかった。

全て承知しているように、

「案内《あない》を頼む」

晴明は、それだけを言った。

女は、頭を下げ、先に立って歩き出した。

「女の後について ゆけ」

晴明が声をかけると、ごとりと牛車がまた動き出した。

車は、南へ下がり、羅城門に近い、土壁に囲まれた小さな屋敷の門をくぐった。

晴明と博雅が車を降りると、それを待っていた女が、

「こちらへ」

そういってふたりをうながした。

女に従って歩き出そうとした博雅は、足を止め、風の匂いを嗅いだ。

風の中に、えも言われぬ匂いが溶けていた。
「伽羅《きやら》の匂いだ……」
うっとりとした声で博雅は言った。
伽羅――
唐から渡ってきた香木である。
どうやら、女の着ているものに、その伽羅が焚き込めてあるらしい。
めったなことでは嗅ぐことのできない珍宝である。
屋敷の中に上った。
しかし、人気《ひとけ》はない。
女に案内されるままついてゆくと、奥へ通された。
そこに、ひとりの男が座していた。
晴明も博雅も、知っている男である。
ついしばらく前に、見たばかりの顔であった。
「わざわざお呼びだていたしまして、申しわけござりませぬ」
その男は言った。
平維時であった。
平貞盛の息子だ。
「なるほど、こういうことでござりましたか――」
すでに用意されてあったふたつの円座《わらざ》のうちのひとつに座しながら、晴明は言った。

並んで置かれたもう一枚の円座には、博雅が座した。

女は、横手へ退《の》いて座し、被っていた被衣をとった。

肌の色の白い、三十歳ばかりと見える女であった。

眼は、心もち切れ長で、唇には紅を刷《は》いている。

「平維時にござります」

維時は言った。

人払いをしているのか、ここには維時と女のふたりがいるだけである。

「先日も、お会いいたしましたね」

晴明が言うと、

「お気づきでござりましたか」

維時がうなずいた。

「あの時は、声だけでお顔を拝見しておりませんでした。本日お会いして、声を耳にした時、あの時のお方であるとすぐにわかりました」

「おい、晴明よ。何のことを言っているのだ?」

博雅が訊ねた。

「先日、貞盛さまのお屋敷を訪ねたおり、帰りに牛車の中で話をした方がいるという話はしたろう」

「うむ」

「その相手が、維時殿であったというわけさ――」

晴明は言った。

「声でわかりましたので、また、帰りにはお声がかかるであろうと思っておりました」

「お見通しでござりましたか」

「貞盛様は？」

「落ち着いた様子なので、祥仙殿におまかせしてあります」

維時は、晴明を見ながら言った。

「御用件は？」

「先ほどのことでござります」

「貞盛様の御悩のことですね」

「はい」

「それで？」

「わが父貞盛、いかなる病にてござりましょうや」

維時が訊ねてきた。

「車の中で、博雅さまにもお話し申しあげていたのですが、とてもひと口に言えるようなものではござりませぬ――」

「――」

「この晴明にも、まだよくわかってはいないのです」

「あの道満とかいう人物も、そのようなこと、申しておりました」

「その道満ですが、いったいどのようなことをしたのでしょう。本日は、それをうかがいそこねました」

　晴明が問うと、

「わかりました」

　維時はうなずいた。

「お話し申しあげましょう」

　維時が言った時――

「あ……」

　と、女が小さな声をあげた。

　博雅が見やると、女の視線が宙を向いている。

「蝶が……」

　女がつぶやいた。

　なるほど、女の視線の先――一本の梁《はり》にからむように、黒い蝶が舞っていた。

　揚羽蝶《アゲハ》であった。

「お気になりますか？」

　晴明が問うと、

「さきほども、晴明様のお車の上に、揚羽蝶が舞っておりました……」

　女は言った。

「気になるようですね」

　晴明は、そう言って、宙を舞う揚羽蝶を見つめた。

「そういうことでござります」

晴明が、揚羽蝶にむかって声をかける。

と——

揚羽蝶は、ひらひらと天井近くを舞いながら移動しはじめた。

ほどなく、その揚羽蝶は、外へ出て見えなくなった。

「落ちつかれましたか」

晴明が問えば、

「はい」

女はうなずいた。

ふたりの会話が終るのを待っていたように、

「申しあげるのを忘れておりました」

維時が言った。

「こちらは、祥仙殿の御息女でござります」

女は、維時の言葉を受けて、

「如月《きさらぎ》と申します」

晴明と博雅に向かって頭を下げた。

「ほう……」

と晴明はしばらくその女——如月を見つめてから、

「では、話の続きを——」

維時をうながした。

四

「道満殿は、針を使いました」

実直そうに背を伸ばし、維時はそう言った。

「ほう、針を——」

「はい」

維時がうなずく。

「どのように？」

「額に刺しました」

「あの瘡に？」

「いえ、瘡そのものではなく、あの瘡とまだ瘡に冒されてない場所との境目に針を刺したのでございます」

「一本？」

「いえ、何本も」

「ほう」

「瘡を囲むように、額から始まって、鼻筋、唇、顎、喉、して頭の上にも頭の後ろにも、ずっと針を刺していったのでございます」

「なるほど、そういうことか」

晴明がつぶやいた。

「何をしたか、おわかりなのですか」

「いえ。先を続けて下さい」

晴明がうながすと、また維時は話を続けた。

刺した針は抜かない。

刺したままだ。

その数、百本余り。

それが済むと、道満はにいっと笑い、

「まだでござりまするぞ」

そのように貞盛に言ったという。

貞盛は、道満の前で座している。

座したまま、

「まだとな？」

道満に問うた。

「はい」

悪びれもせず、道満はあっさりうなずいた。

「これだけでは、まだ治すことできませぬ。しかし、瘡がこれより広がるのを防ぐことはできましょう――」

道満はそう言って、最初に刺した針の尻を、その唇に含んだ。

歯の先で針の尻を噛み、口の中で小さく呪《しゅ》を唱えはじめた。

それが終ると、次の針だ。

それが終ると、さらにまた次の針といった具合に、道満は、貞盛の頭部に刺さった全ての針について、同じことをやってのけたのである。

「さて——」

道満は、自分の刺した針を眺めながら言った。

「問題はこの後でござりますな」

道満は、自らの顎を右手の人差し指と親指ではさみ、思案気に首を傾けた。

「これは非常にむずかしゅうござりますな……」

独り言のように言った。

その時——

「であろうな」

貞盛が言った。

しかし、それは、それまでの貞盛の声ではなかった。

貞盛の唇から洩れたにもかかわらず、その声は貞盛とは別人の声であった。

「出てきたな」

道満は、にいっと笑って言った。

「おう」

貞盛の唇が別の声で答える。

「どうしてくれようか」

道満が、声をかける。

「好きにせよ」

「もう金をもろうておるのでな」

「ならばよいではないか」

「何がじゃ」

「このまま、何もせずに帰ってしまえ」

「それもそうじゃ」

道満がうなずく。

このやりとりを、維時と祥仙が横から眺めている。

「しかし、金のことだけではないでな」

「ほう」

「おもしろそうじゃ」

「何がじゃ」

「おぬしと遊ぶのがじゃよ」

道満は言った。

道満は、懐に手を入れ、

「まず、これから試してみるか」

小さな布袋を取り出した。

袋の口を結んでいる紐を解いて、それを右手に持ち、左掌の上で逆さにした。

その袋の中から、黒い小さなものが、無数に道満の左掌の上に落ちてきた。

芥子粒よりもさらに小さなもの。

「おう……」

見ていた維時は、小さく声をあげた。

道満の左掌の上に落ちたその小さなもののひとつずつが、掌の上を這いまわりはじめたからである。

それは、微細な〝虫〟であった。

その〝虫〟の這う左掌を貞盛の顔の上に持ってゆき、指先で瘤に触れた。

すると――

道満の左掌を這っていた〝虫〟たちが、いっせいにその指先に向かって動き出した。

道満の指を伝い、〝虫〟たちが、瘤の上に降り、そこを這いはじめた。

「無駄じゃ、無駄じゃ」

からからと貞盛が別の声で笑った。

「そうかな」

道満が言った。

「そろそろ始まるぞ……」

その道満の言葉が終らぬうちに、〝虫〟たちは、それぞれ瘤の表面にある掻き傷の間から、中に潜り始めた。

一匹、二匹と、次々に〝虫〟が潜ってゆく。

〝虫〟によっては、半乾きの血膿を泳ぐようにして、中に潜ってゆく。

そして——

とうとう全ての〝虫〟が、貞盛の顔の右半分——瘤の中に潜り込んでしまった。

「さあて、どうなるかな」

笑うような道満の声が響いた。

五

唇に、不気味な笑みをへばりつかせていた貞盛が、

「む……」

低い声をあげたのは、ほどなくしてからであった。

「な、なんじゃこれは!?」

貞盛の唇が歪む。

く、
く、
く、
と低く嗤《わら》って、

「虫が、瘡を喰ろうているのでござりますよ——」

道満は言った。

道満は、維時に向きなおり、

「鉢《はち》と箸をお借りできまするかな」

そう言った。

「鉢と、箸？」

「さよう」

「では、すぐに――」

維時が膝を立てかけると、

「わたくしがまいりましょう」

横に座していた祥仙が立ちあがった。

奥へ姿を消した祥仙は、すぐにもどってきた。

手に、鉢と箸を持っている。

「これで、よろしゅうござりまするか」

「充分」

道満は、祥仙が持ってきた鉢と箸を手に取った。

右手に箸を握り、左手に鉢を持った。

「くむう……」

「むむむ……」

貞盛が、小さく身をよじっている。

「そろそろでござりまするかな」

道満は、半歩貞盛に歩み寄った。
道満の眸が、凝《じ》っと貞盛の瘡を見つめた。
貞盛の瘡の表面に、変化が現われていた。
表面が、動いている。
と——
膿の中から、姿を現わしたものがあった。
小さな、黒いもの。
さきほどの虫か、と見えたが、そうではなかった。
さきほどの虫よりは大きい。
その黒いものが、ふいに、のろりと身体半分膿の中から這い出てきた。
芋虫?
いや、それよりはもっと長い。
黒い蚯蚓《みみず》の如きもの。
それが、始まりであった。
次々と、瘡の中から、同様のものが這い出てくる。
あるものは、膿の中から。
あるものは、薄い皮膚を破り。
それが、くねくねと、身を伸ばしたり縮めたりしながら、瘡の上を這う。
不気味な光景であった。

道満は、少しもおそれた様子を見せず、箸を握った右手を伸ばした。

箸の先で、黒い蚯蚓をつまみ、引っ張った。

ずるりと、瘡の中から蚯蚓が引き出されてくる。

箸の先でつままれて、蚯蚓がくねくねと動く。

箸にからみつく。

その蚯蚓を、道満は左手に持った鉢の中に落とす。

道満は、次々にそうやって黒い蚯蚓を貞盛の額からつまみあげ、鉢の中に落とした。

血と膿にまみれた蚯蚓が、鉢の中に溜ってゆく。

「それは、何でござりまするか、道満殿――」

維時が問う。

「先ほど、わたしが放った虫にござります」

「虫？」

「貞盛様の瘡の中で大きくなり、このようなものに変じたのでござります」

同じ作業を続けながら、道満が言った。

「こ、このようなもの？」

「貞盛様の瘡を喰べて大きゅうなりました」

淡々として道満が言う。

「か、瘡を？」

「はい」

うなずいた道満が、手を止めた。

すでに、貞盛の額には、一匹の蚯蚓も這ってはいない。

鉢の中に、夥《おびただ》しい数の黒い蚯蚓が、からみあい、もつれあい、重なりあって蠢《うごめ》いている。

中には、鉢の内側を登って、縁から外へ這い出ようとしているものもある。

道満は、それを箸の先で鉢の中へ押しもどしながら、

「御気分はいかがでござりまするかな、貞盛様――」

そう訊ねた。

「不思議じゃ、頭《つむり》が軽うなったような気がする――」

貞盛が答える。

もとの通りの貞盛の声であった。

「おう、瘡が……」

維時が声をあげた。

見れば、瘡で膨《ふく》らんでいた顔の右半分が、眼に見えて縮んでいる。

瘡そのものが、小さくなっているのである。

「維時様……」

道満は言った。

「何か？」

維時が道満を見やる。

「桶《おけ》に湯を入れて、これへ――」

「う、うむ」

「それから、新しい布を――」

「承知した」

すぐに、湯の入った桶と、新しい布が用意された。

「その布を湯に浸し、瘡の血と膿をぬぐうてごらんなされ」

道満が言った。

「わたくしがやりましょう」

そう言ったのは、祥仙であった。

祥仙が、湯に布を浸し、その布で貞盛の瘡をぬぐいはじめた。

「針は抜かずに――」

道満が言う。

「はい」

「瘡をしぼるようにして、中の血と膿を外へ出してぬぐうて下され」

祥仙が、道満の言うままに、その作業を進めてゆく。

ほどなく、その作業が済んだ。

「いかがですかな」

道満が言った。

古い血と膿をしぼり出したせいか、さらに瘡は小さく縮んでいた。

「鏡をもて――」

貞盛が言った。

すぐに鏡が用意された。

「むむう……」

鏡を見ながら、貞盛は低い声で唸った。

「みごとに瘡が小そうなったわ」

貞盛も驚いている。

「また、明日、この続きをいたしましょう」

道満は言った。

「治るか?」

「はてさて、それはまた明日、様子を見てからのこと、今は何とも言えませぬよ。何ともな……」

道満は、そうつぶやいて、その日、貞盛の屋敷を出ていったのだという。

六

「で、どうなりました?」

問うたのは晴明であった。

「それが……」

いったん言いよどんでから、

「先ほど、我が父貞盛の様子を御覧になられたわけでございますから、もうおわかりでしょう」

維時は言った。

「瘡が、もとにもどってしまった?」

「その通りでござります」

貞盛は、道満に言われた通り、針を抜かずに寝た。

そして、翌朝――

「痒い、痒い……」

貞盛は、そう言いながら眼を覚ました。

指で、額の瘡を掻いていた。

瘡は、ひと晩でもとにもどっており、貞盛が眠っている間に爪で掻いたため、またあらたに皮膚は破れ、夜具も顔も、血と膿にまみれていた。

さらに、なんと刺した針の狭い隙き間から、瘡が外に向かって広がっていたのである。

昼にやってきた道満は、

「これはいけませぬなあ」

そうつぶやいた。

「しかし、昨日は――」

維時は言った。

確かに、昨日は、針で瘡の広がりを抑え、瘡も虫で小さくなっている。

「一日、ひと晩、毎日毎日、ずっとあれをやり続けるというわけにもゆかぬでしょう」

どこか、他人事のような口調で、道満は言った。

針を刺しなおし、それを一本ずつ咥《くわ》えて呪《しゅ》を唱える。

また、虫を入れる。

それを一日中休みなくやり続けられるものかどうか。

「三日、あのまま続けたとしたらどうなのでしょう」

維時の問いに答えたのは、道満ではなく貞盛の唇であった。

「無駄、無駄——言うたであろうに——」

貞盛とはまた別の声が言った。

「ぬしの言う通りぞ」

道満が言う。

「であろうがよ」

貞盛の唇が言う。

「あれは、あそこまでじゃ。幾ら続けてもあれ以上は無理じゃな」

あっさりと道満がうなずいた。

「では、どうすれば？」

「わしは、降りる」

道満は言った。

「降りる？」

維時が問う。

「手を引くということだな」

「手を引く？」

「そうじゃ。後は、土御門《つちみかど》の晴明に頼めばよい」

「晴明殿に？」

「ぬしもその方がよいのではないかな、維時殿――」

道満が、意味ありげに笑った。

「無駄ぞ。陰陽法師であろうが、土御門の安倍晴明であろうが、何もできぬわ――」

貞盛の唇が言う。

「それとも、その晴明なれば、このわしを救うてくれるというか。恨みを晴らしてくれるというか――」

からからと貞盛が笑った。

「恨みだと？」

維時が問うと、

「維時、こやつはまだ出てゆかぬのか。こやつ、まだこのわしにまとわりついているのか――」

貞盛が言う。

「父上!?」

「馬鹿が、貞盛の口真似をしただけじゃ――」

「何!?」

「維時、かまわぬ。わしの首ごとこの首を切り落としてしまえ」

貞盛の声が叫ぶ。

「おう、切ってみよ」

「切れ」

「切れ」

どちらがどちらであるのかわからなくなった。

「土御門へゆくことじゃな」

道満は、そう言い残し、貞盛の唇が、それぞれの声音で言い合っている最中に姿を消した。

七

「そういうことだったのですか」

晴明がうなずいた。

「はい」

維時は顎をひき、

「それで、晴明様、道満様がなされたことというのは、いったい何であったのでございましょう」

晴明に訊ねた。

「様子を見たというところですね」

晴明は言った。

「様子を？」

「ええ」

「それはどういうことなのだ。何の様子を見たというのだ、晴明よ」

博雅が訊いた。

「博雅様——」

他人がいる時は、あくまで博雅に対する晴明の口調は丁寧である。

「貞盛様のお顔に憑いたあれが、いったいどれほどのものか、虫を使ってそれを試したのでござりましょう」

「試して、それで、どうだったと？」

「さて——」

「試して、手に負えぬと思うたということか——」

「そこまでは、まだわかりませぬ、博雅様——」

「しかし、道満殿は、手に負えぬから、晴明よ、おぬしのところへ行けと言うたのではないのか——」

「博雅様。あの道満という人物は、なまなかなことで量《はか》れる方ではありませぬ」

「では、手を引くと言うたは、何のためぞ——」

「わかりませぬが、ただ——」

晴明が、思案気に、言葉を濁した。

「ただ、何なのだ、晴明よ」

「何か、お気づきになられたのでございましょう」

「何に気づいたと？」

「はて――」

首を傾《かし》げた晴明は、さらに問おうとする博雅を避けるように、視線を維時に転じていた。

「維時様」

「はい」

「お話は、それでひと通りでございますか」

晴明が訊ねた。

「ええ」

「他に何か、お気づきになったこととか、まだお話しになられていないことは？」

「ありません」

「ははあ――」

晴明は、わずかに呼吸を止め、

「維時様には、児干《じかん》というもののあることは、御存知でいらっしゃいますか」

吐く息でそう訊ねた。

「児干？」

「はい」

晴明は、維時の顔を見ている。

維時は、いったん唇を開きかけ、視線をそらせてから、

「存じません」

そう答えて、晴明に視線をもどした。

「それが、何か……」

「いえ、御存知なければよろしいのです」

晴明は、まだ、維時の眼を見つめている。

その視線に耐えられなくなったように、また、維時は眼をそらせ、

「晴明さま、我が父貞盛のこと、よろしくお願い申しあげます――」

維時は、頭を下げた。

巻ノ六　五頭龍《ごずりゅう》

一

庭の藤の花に、夕刻の光が当たっている。

柔らかな陽の光の中で、庭の草や花が、微風に揺れている。

晴明と博雅は、蜜虫が用意した酒を、簀子《すのこ》の上に座して飲んでいた。

杯を持った、晴明の白い細い指先にも、沈む前の陽の光が当たっている。

藤の香が、ほんのりと風に匂っている。

杯を口に運べば、酒の香の上に藤の花の匂いが重なって、まるで酒が藤の香を放っているように思えてくる。

「なあ、晴明よ――」

博雅は言った。

「何だ、博雅――」

杯を口に運びながら、晴明が博雅を見る。

「道満殿が、貞盛殿に使《つこ》うたという虫――」

「虫がどうした」

「虫が瘡を啖《くら》って、別のものに変じたりするのか」

「虫であればこそな」

「虫であればこそ？」

「うむ。蝶はどうじゃ、博雅。もとは肢《あし》も羽根もないいもむしぞ。そのいもむしが蛹《さなぎ》となり、やがて羽根も肢もあるあのような姿になる。それにな、虫は、人を変じさせる。腹に虫がいれば痩せ、虫の居所で人相も変わるのさ。その変ずる虫の力を使うて、我らも様々な呪《しゅ》に利用したりする――」

「ふうん」

「道満殿は、その道の達人ぞ」

「その道満殿のことなのだがな」

「どうした」

「さっきは、おまえ、しゃべらなかったが、本当は何かわかっているのだろう」

「何のことだ」

「道満殿が、あっさりと貞盛殿の瘡の件から手を引いたことさ」

「そのことか――」

「おまえは、道満殿が、何かに気づいたからであろうと言っていたが、何に気づいたというのだ」

「そのことなら、わからぬとあの時言ったのではなかったか」

「本当にわからぬのか」

「ああ」

「まさか。おまえは、あの時、維時殿や如月殿がいたので、それで気を使って何も言わなかったのではないのか――」

「すまぬが博雅、本当にわからぬのだ」

晴明は、酒を干し、杯を簀子の上にもどした。

「しかし、わからぬまでも、何か思うところはあるのだろう」

「思うところならな」

「それを聴かせてくれ、晴明――」

「それはかまわぬが……」

「どうした」

「しばらく前に、おまえに話したことさ、博雅――」

「おれに？」

「うむ」

「何だ。何を話したというのだ」

「今度の件《こと》について、おまえもおれも、知っていることはあまり変わりはないということさ――」

「――」

「つまり、少し頭を働かせれば、おまえも、今、おれが考えているようなところにたどりつくだろうということさ。言ったではないか――」

「おれが、頭を働かせてないと――」

「いや、働かせろと言っているのだ」

「確かに、おれはおまえがそう言ったのは聴いているよ。しかし、あれとこの道満殿の件とは違うのではないか――」

「さあて、そこなのだがな、博雅――」

「何がそこなのだ。だいいち、道満殿が、おれとおまえが知っていることを知っているとは限らぬではないか」

「うむ」

「うむ、ではわからぬ」

「道満殿は、何かに気づいておられる。おそらくは、このおれと近いところであろうとは思うのだが、あのお方は、もう少し先のところまで気づいておられるのではないか――」

「だから、それが、何なのかを、おれに教えてくれ」

「わかった」

晴明が、うなずいた。

「教えてくれるのか」

「言う時は、おまえが一番最初と約束したからな」

晴明は、柱にあずけていた背を離し、立てていた右膝に、右肘を乗せた。

「博雅よ、今度《こたび》のことで、名のあがった方々のことを覚えているか」

「名だと」

「うむ」

「名がどうしたのだ」

「だから、その方々の名を、ここであげてみてくれぬか」

「しかし、今度《こたび》のことと言っても……」

博雅が言いよどんでいるところへ、

「盗らずの盗人が、最初に入ったのは、どなたのお屋敷ぞ——」

「そ、それは、小野好古卿のお屋敷ではないか——」

「次は？」

「盗らずの盗人のことで言うなら、俵藤太殿——」

「他には？」

「他に？」

「盗らずの盗人が言ったことがあったではないか？」

「言った？」

「ああ」

「誰か、人の名を言ったというのか」

「いや、直接の名を言ったのではない。寺の名だ」

「寺の名——おう、確か、好古殿に、雲居寺からあずかったものはないかと、そんなことを言っていたのだったな」

「そうだ――」

「雲居寺がどうかしたか」

「雲居寺におられるお方と言えば、どなただ？」

「どなた？」

「雲居寺と言えば、浄蔵様のことではないか――」

「確かに――」

「で、保憲様がここにいらっしゃって、このおれに行けと言うたは、誰のところであったかな」

「平貞盛殿さ――」

「それで、おれが頼んだ件があったろう」

「おう、藤原師輔殿と、源経基殿――」

「そのうち、妙な夢を毎晩見て、お身体を悪くなされていたのは――」

「源経基殿」

「そうさ。何事もなかったとはいえ、藤原師輔殿の名も、おまえはおれの口から聴いているではないか」

「それがどうした」

「これまでにあがった名を並べてみよ」

「う、うむ」

博雅は、その名をあげはじめた。

小野好古。

俵藤太。

浄蔵。

平貞盛。

藤原師輔。

源経基。

博雅は、六人の名を口にした。

「それで、わからぬか——」

晴明が言う。

「わからぬかと言われても、これで何がわかるというのだ」

「わかる」

「わかると言われても、おれにはわからぬ。もったいぶらずに教えてくれたらどうだ、晴明——」

「待て」

「何を待つのだ。教えてくれると言うたはおまえぞ、晴明——」

「いや、教えぬと言うているのではない。どなたか、いらっしゃったようだと言うているのさ」

「どなたか？」

博雅は、晴明から視線をはずし、庭の方へ眼をやった。

晴明の眼が、庭の方に向けられていたからである。

「どなたが来たと？」

博雅が問う。

それには答えず、晴明は、

「蜜虫」

小さくつぶやいて、蜜虫を見やった。

全て心得ているかのように、

「はい」

答えて蜜虫が立ちあがろうとした。

その時――

「むかえはいらぬぞ、晴明――」

庭から声がした。

庭から視線をはずして、蜜虫を見つめていた博雅は、再び庭に眼をやった。

すると――

さっきまで誰もいなかったはずの庭の草の中に、ひとりの男が立っていた。

黒い水干を着た男。

「話がある」

男は言った。

賀茂保憲が、そこに立っていた。

二

「それにしても、突然のおこしですね」

晴明は言った。

晴明と博雅に保憲が加わって、簀子の上に、三人で座している。

新しい杯が用意され、すでにその中には酒が注がれている。

庭を、直接見るかたちで、保憲は座している。

保憲の懐からは、黒い猫又の沙門《しゃもん》が半分顔を覗かせて眠っている。

「先日の件についてなら、いらっしゃるのが少し早いのではありませんか。いずれ、わたしの方から出向くつもりでいたのですが――」

晴明は言った。

「それがな、晴明」

酒をひと飲みして、保憲は言った。

「急なことが起こってしまってなあ」

「急なこと？」

「それを、ともかく、おまえに教えておかねばならぬだろうと考えて、やってきたのさ」

「何でござりまするか」

「藤原師輔殿のことさ」

保憲が言うと、

「師輔殿に何か!?」

身を乗り出したのは、博雅であった。

藤原師輔ならば、つい今しがた、晴明との会話の中で、名前があがったばかりである。

「一昨日までなら、何ごともなくお過ごしであったと、博雅様からうかがっておりますが
――」

「急なことが起こったのは、昨夜さ」

「昨夜?」

「ああ」

「何があったのでしょう」

「襲われた」

「何者に襲われたのですか」

「それが、襲ったのは人ではないらしいのだ」

「と、申しますと?」

「蛇さ」

「蛇!?」

「それも、ただの蛇ではない――」

「と言いますと?」

「頭が、五つある」

「五つ？」

「師輔殿の言うところによればだ。このおれが見たわけではない」

「いったい、どういうことがあったのですか――」

「まあ、聴けよ、晴明――」

そう言って、保憲は、語りはじめたのであった。

三

夜――

藤原師輔は、女のもとへ向かっていた。

牛車である。

牛車が進んでゆこうとしているのは、西の京であった。

供の者が何人かついていて、神泉苑の脇を抜け朱雀大路を渡り、朱雀院の近くにさしかかった。

月明りがほどよくある。

三条大路――

ごとり、
ごとり、
と、車は土を嚙みながら進んでゆく。

師輔は、五十三歳――

まだまだ、女のもとへ通うだけの元気はある。

朱雀院の横を通り過ぎようかという時に、軸を軋ませて車が止まった。
前方の土の上に、何かあるのを、供の者が見つけて車を止めたのだ。
月明りに見れば、黒々とした、太い丸太のようなものだ。
それが、三条大路を右から左へ、通りを塞《ふさ》ぐようにして横たわっているのである。
供の者のひとりが、松明《たいまつ》を持って、その丸太のようなものに向かって近づいていった。
松明を近づけてみれば、それは丸太ではなかった。
色は黒く、ぬめりとした光沢があった。
鱗のようなものがある。
炎の灯りを受けて、その表面が、青や緑にきらきらと虹の如くに光ったりもする。
「何ごとじゃ」
師輔が、牛車の中から声をかけた。
その、師輔の声が聴こえた時、炎の灯りの中で、それが、ずるりと動いたのである。
「わっ」
と声をあげて、供の者は後ずさった。
ぐねり、
ぐねり、
と、それが動いた。
向こうにあったそれの一方の端が、ゆらゆらと持ちあがってゆく。
それは、人の顔の高さになり、そして、さらにそれより上まで伸びてゆく。

上に持ちあがった、丸太のようなものの一方の先端は、一本ではなかった。
それが、幾筋にも分かれていたのである。
供の者は、それが、太い髪の毛の束のように見えた。
一本ずつが、大人の腕よりも太い。
何本あるのか。
一本。
二本。
三本。
四本。
五本、あった。
それが、夜の宙空に持ちあがり、月明りの中でゆらゆらと揺れた。
点々と、緑色に光るものが、上から供の者たちを見下ろしていた。
眸であった。
頭部が五つある、巨大な蟒蛇《うわばみ》——供の者の眼には、そのように見えたという。
しゃっ、
しゃっ、
それが、瘴気《しょうき》の如き呼気を吐く。
「どうしたのじゃ」
師輔がまた言った。

その声が響いた時、蛇の五つの鎌首《かまくび》が、一斉に牛車の方に向けられた。

ずるり、
ずるり、
と、蛇が牛車の方に移動してゆく。

供の者たちは、

「わっ」

「化物じゃ」

声をあげて逃げ出した。

松明を持っていた者は、それを放り出した。

火の点いた松明は、蛇に当たり、牛車の下に転がり落ちた。

牛車の底を、松明の炎が舐め始める。

「何があったというのじゃ」

師輔が、簾《すだれ》をあげた。

顔を出した師輔が見たのは、すぐ上から自分を見下ろしている、五つの蛇の頭部であった。

「あなや」

師輔は、声をあげて簾を下げ、車の中に転げもどった。

その時にはもう、松明の炎が車に移っている。

めらめらと、車が燃えあがろうとしていた。

牛が、声をあげて、駆け出そうとした。

その時には、蛇の五つの頭部が、簾の中に潜り込んでいた。

牛が、燃えた牛車を曳《ひ》いて駆け出した。

その牛車の中から、師輔の身体が引き出されていた。

身体中の毛が立ちあがるような、おそろしい悲鳴が師輔の口から放たれた。

五つの蛇の口に咥《くわ》えられて、師輔の身体が宙に持ちあげられていた。

ばたばたと、師輔が手足を動かしてもがいている。

その時——

「やめよ」

声が響いてきた。

「その男を放せ」

男の声であった。

供の者たちはその声を耳にしたが、どこから聴こえてくるのか、何者が発しているのかわからない。

その声が、蛇に届いたのかどうか。

ふいに、師輔の身体が宙から地に落ちてきた。

師輔を咥えていた蛇が、その口をはなしたのである。

「よい子じゃ」

また、声がした。

「来《こ》よ」

「こちらへ来よ」
声が、蛇を呼ぶ。
と——
その声に誘われるように、
ずるり、
と蛇が動いた。
蛇が動きはじめた。
三条大路を、西へ——
もちろん、誰も、蛇を追う者はない。
やがて、すぐに蛇の姿は見えなくなった。
あちらの方では、倒れた牛車が炎をあげて燃えているのが見える。
牛は、牛車から離れ、どこかへ逃げ去っていた。
地に転がった、消えかけた松明の横で、倒れた師輔が呻き声をあげていた。

四

「そのようなことが……」

博雅が、止めていた息を吐き出しながら言った。

「うむ」

保憲がうなずく。

「で、師輔様は？」

晴明が訊ねた。

「お屋敷で、寝ておられる」

「では、お生命は助かったと――」

「まだ生きてはおるが、身体中に蛇の嚙み跡がある。地に落ちた時に、あちらこちらを強く打っていてな。お生命が助かるかどうかは、まだ何とも言えぬ」

保憲は、そう言って、簀子の上に置かれていた杯を手に取って、それを口に運んだ。

「しかし、そのことで、わざわざここまでいらしたということは、これが、貞盛様の一件と関わりがあるということでござりますか」

晴明が訊ねると、

「ほう」

保憲が、杯を簀子の上にもどしながら晴明を見た。

「ということは、つまり晴明よ、おまえも同様のことを考えているということか――」

「はい」

「おれが来る前に、師輔殿のことを話していたと言うたな」

「言いました」

「すでに、色々と動いているということだな」

「保憲様の思うところに沿うているかどうかはわかりませぬが――」

「ちょうどよい」

保憲は、指先で、猫又の喉のあたりを撫でながら言った。

「もう少し後でと思うていたのだが、今度の件について、おまえの思うところを聴かせてくれぬか、晴明——」

「はい」

晴明がうなずいた時、

「灯りを……」

そう言って、蜜虫が立ちあがった。

すでに、陽は沈んでおり、あたりはだんだんと暗くなりはじめていた。

灯火が用意された時には、さらに暗くなっており、庭の隅のあちこちに、闇がわだかまりはじめていた。

「晴明、その話だがな——」

灯りが点るのを待ってから、言ったのは、博雅だった。

「保憲殿が来られる前、おれと話をしていたことではないのか——」

「そうだ」

晴明がうなずく。

「ならば、おれも聴きたい。あの続きを話してくれ」

「わかった」

そう言って、晴明は保憲に向きなおり、

「保憲さま。今度《こたび》の一件、何やら怪しい匂いがいたしますな」

その顔を見やった。

「うむ」

保憲がうなずく。

「都に、不穏な気配があるのではありませぬか――」

「あるな」

「では、やはり――」

「おまえの、思う通りのことであろうよ」

保憲は言った。

「おい晴明、何のことだ。おれにもわかるように説明をしてくれ」

博雅の言葉に、晴明は視線をそちらに向け――

「博雅よ、先ほどあがった名前をまだ覚えているか」

「ああ、覚えている」

「その方々はな、いずれもあることについて大きな関わりを持っておられる」

「あること？」

「あるお方と言ってもいい」

「誰なのだ、そのお方というのは――」

「二十年前のことだ、わからぬか」

晴明が、博雅をさぐるように見た。

「二十年前？」

「――」

「そ、それは……」

博雅の胸に、何か引っかかるものが生まれたらしい。

その顔を見れば、何か思い出そうとしているのがわかる。

「あ、ああ、そうか、あのことか。あのこと――あのお方のことを言っているのか、晴明――」

もう、わかっているのに、博雅はそれが言葉にならないらしい。

「二十年前、その方は、自らを新皇《しんのう》と称された……」

晴明が言った。

「そ、その方は――」

「平将門様《たいらのまさかど》――」

晴明は言った。

「お、おう」

博雅が、声をあげる。

「二十年前、平将門様御征伐の中心になったのが、藤原忠平様――」

晴明が言った。

「う、うむ」

しかし、その忠平は、今はもうこの世にない。

十一年前――天暦三年、病のため七十歳で世を去っている。

「あの時、征伐に向かわれたのは、平貞盛様、俵藤太様——」

晴明が言う。

藤原師輔、源経基も、その征伐に加わった人物である。

「じょ、浄蔵様は？」

博雅が訊ねた。

「あのおりは、まだ叡山《えいざん》の横川《よかわ》におられ、そこで将門様調伏《ちょうぶく》のため、大威徳《だいいとく》明王法を修せられた……」

「小野好古殿は？」

「時を同じくして、謀反《むほん》された藤原純友《ふじわらのすみとも》殿を撃つため、追捕使《ついぶし》としてその役にあたられたのが小野好古様ではないか」

晴明は言った。

「な、な……」

博雅は言葉をつまらせ、

「なんと——」

大きく声をあげていた。

巻ノ七　鬼新皇《おにしんのう》

一

平将門が乱をおこしたのは、朱雀天皇の御時《おんとき》であった。

将門——わずかながら、皇家の血をひいている。

柏原天皇——つまり桓武天皇の子孫高望《たかもちの》親王の子供の鎮守府将軍良持《よしもち》という人物の息子である。

常陸下総国《ひたちしもうさのくに》に住んでいた。

　弓箭《きゆうせん》を以《もつ》て身の荘《かざり》として、多くの猛《たけ》き兵《つわもの》を集めて伴《とも》として、合戦を以業《もつてわざ》とす。

武勇の誉《ほまれ》高い人物であった。

将門の父良持の弟に、下総介の平良兼《たいらのよしかね》という男がいた。

この叔父の良兼と将門は、将門の父、死んだ良持のものであった荘園をめぐって、日ごろよりいさかいが絶えなかった。

良持の所有していた土地は、もともとその息子である将門が、継《つ》ぐべきものであった。

それを、良兼が欲しがったのである。

このいさかいが、だんだんと大きくなり、平一族を巻き込んだ争いとなった。

その争いが戦《いくさ》となって、承平五年（九三五）、将門は、平国香《くにか》、源扶《みなもとのたすく》、源隆、源繁の四人を戦《たたか》いで敗死させてしまった。

さらに川曲村の戦いで、平良正を破った。

これに怖れをなして、源護《みなもとのまもる》は朝廷に泣きついた。

「平将門、都に対して、謀反《むほん》をおこそうとしております。何とぞ、都に将門を呼び出《いだ》し、お取り調べを願いたし」

これによって、将門が都に上ったのが、承平六年の十月であった。

これを吟味したのが、時の太政大臣藤原忠平である。

将門は、若い頃、十六歳から二十八歳になるまで、京に出ていた。

この時仕えた先が、忠平であった。

京で、将門は何年か忠平の家人《けにん》として仕え、互いにその人となりは承知していた。

「これは、一門の争いごとにござりますれば、謀反ではござりませぬ」

将門はこのように言った。

忠平もそう思っている。

忠平は、当時、都にいた平貞盛を呼んだ。

貞盛は将門と同門であり、坂東《ばんどう》にあった頃も、都にいた頃も、将門とは互いに武勇の腕を認めあった仲である。

歳もあまりかわらない。

しかし、貞盛が京にいるあいだに坂東の地で争いは大きくなって、貞盛の父平国香は、将門との争いで殺されている。

「どうじゃ」

忠平は、貞盛に問うた。

「将門の申す通り、これは一門の争いにござります」

貞盛は、迷わずに答えた。

いかに、父の敵《かたき》とはいえ、それはそれ、これはこれ。

将門が謀反をおこしたのでないことは、貞盛にもわかっている。

それを曲げて、

「将門の謀反」

とは、貞盛は言えない。

そういう美意識が、貞盛にはある。

「あいわかった」

忠平はうなずいた。

将門に父を殺されている貞盛自身が、

「将門に謀反の心なし」

と言うのである。

これは誰の言葉よりも信頼できる。

「しかし——」

と貞盛は前おきして、

「わたしも、武門の血に生まれた以上は、将門は父の敵《かたき》。いずれ、矢を向け合い剣を交えることもありましょう。そのことお許しいただきたく——」

このように言った。

「うむ」

忠平としては、うなずくより他はない。

こうして、将門は、無事に坂東の地にもどることができたのだが、すぐに帰ることができたわけではない。

仮にも、謀反の嫌疑を掛けられたのだ。

それを、咎《とが》なしとして帰すのだから、朝廷間での根回しなど、色々とやらねばならぬこともあった。

結局、半年余り、将門は京にいることとなった。

将門が、坂東にもどったのは、承平七年の五月であった。

平良兼、良正、源護たちはおもしろくない。

「ようするに、こちらはこちらで勝手にやれということではないか」

「その通りぞ」

東国の争いは、これでかえって大きくなってしまった。

そういう時期に、東国にやってきたのが、興世王《おきよおう》という男であった。

この男、出自がわからない。

謎の人物である。

ちなみに、この興世王の名が出てくる文献は、唯一『将門記』があるばかりであり、どういう家系のどういう血をひく人物かということが、何もわかっていない。歌舞伎で言えば、物語の進行中に、ふいに太鼓がどろどろと鳴り、話の流れとは何の脈絡もなく、花道のスッポンから姿を現わした妖怪の如きものである。

この興世王、天慶元年（九三八）に武蔵権守《ごんのかみ》として、坂東の地に赴任してきた。

一緒に介《すけ》として赴任してきたのが、源経基である。

興世王は、赴任してきた途端、この地で掠奪を始めたのである。

「あそこの家の者が、我らに対してよからぬことをたくらんでおるそうでござりまするぞ」

ほとんど言いがかり同然に、事を荒だて、向こうが不満の意を表わそうものなら、

「我らの生命をねろうておりまするぞ」

経基をともなって、その家を襲い、男は殺し、女は犯して、土地を奪った。

この頃には、ようやく経基も、この男が少しおかしいのではないかということに気がついた。

襲った先で、

「経基どのもどうじゃ」

周囲に人の眼があるというのに、興世王は悠々と自分の前をくつろげ、いきり立ったものを

取り出して、女を犯した。

その横には、その女の夫である男の首が転がっている。

戦に勝って、敵の男の妻や娘を犯すことはある。

しかし、権守ともなれば、気に入った女を自分の館へ連れてきて、それなりに言い含めて自分のものにするというのが順序ではないか。

戦いの現場でそんなことをするのは、兵である。ただの兵のやることだ。

そのただの兵でさえ、人目があれば、女を連れて家の陰へ回るなり、物陰へ行ってから事におよぶ。

それを、興世王は、平気で家族の屍骸の前で女を犯すのである。

犯している女の子供が泣き叫べば、

「黙れ」

子供の口の中へ刀を差し込み、頭の後ろから出てきた刃先をそのまま柱に突き立てる。

その後にまた、おもむろに女を犯しはじめるのである。

その光景を経基は見た。

興世王が、この世のものではないように見えた。

異様のもの。

人の姿をしてはいるが、人ではないのではないか。

人のかたちをしたもののけ。

女を犯した後、

「なあ、経基どの、次はどの土地を手に入れましょうかなあ」

興世王は、そう言って笑みを浮かべた。

ぞっとした。

首筋の毛が、知らぬ間に立ちあがっていた。

興世王が、次にねらったのが、足立郡司の武蔵武芝であった。

これまでとは相手が違う。

郡司である。

場合によっては、朝廷に弓ひくことにもなりかねない。

「よいのか」

経基は、さすがに怖ろしくなって、興世王に問うた。

「かまわぬ」

興世王は言った。

「しかし、これは、世間からは謀反と言われるやもしれぬぞ」

「よいではないか」

「よいものか」

「こわくなったのか」

「ああ、こわい」

「しかし、このままでは戦になるは必定」

「しかし——」

経基は気のりがしない。

「ならば、何か、手だてを考えてみるか――」

「手だて？」

「平将門どのに、間に立っていただくというのはどうであろうかな」

「将門どの？」

「ああ――」

この時期、将門は将門で、まだ、一門の争いを続けている最中であり、謀反の噂のあったことは、経基も知っている。

危ない人物だが、藤原忠平が弁護して、謀反の心なしとの沙汰が下っている。

この際、将門が間に入ることによって、事がおさまるなら、それでよかった。

それに、将門ならば、坂東一円に名を知られている。

間に入る人間の格としては、充分である。

さっそく使者が送られて、将門が間に入ることになった。

しかし、この調停は不首尾に終った。

一同が集まった席で、興世王は、

「武芝どのが、我らに対して、よからぬことを考えておりましたのでな――」

このように将門に言った。

すでに、それは、言いがかりではなかった。

興世王の眼にあまる掠奪を見かねて、大部直不破麻呂の子孫だという武芝が、なんとかせねばならぬと考えていたのは事実であった。

「たしかに考えていた――」

愚直なほど真面目なこの男は、正直に言った。

「しかし、それは、よからぬことではない」

「このおれに、手を出そうとしていたではないか」

「それは、興世王どの。あなたのせいではござらぬか」

「ほう――」

「これまで、赴任していらいの眼にあまる行ない。これを正さんとするは、郡司として当然のことではないか」

「何を言うか」

「何を言うか」

仲裁はならなかった。

武芝は、そもそも、謀反の噂があり、今も一門の者たちと争いの絶えない将門を、はじめから信用していない。

どうせ、興世王も将門も、同類であろう――その考えていることが態度に出た。

「わざわざ、間に入っていただきながら、お顔を潰してしまいました」

興世王は、武芝がいなくなってから、将門に頭を下げた。

「しかし、こうしてお近づきになれたのも何かの御縁――」

将門に、一席設けてふたりは心を通じてしまったのである。

これを傍《かたわら》から眺めていた経基は、おそろしくて、とてもふたりと一緒にはいられなかった。

そうか、そういうことであったか——

興世王の目的は、将門と近づきになることにあったのではないか。

そうなると、次は——

この自分ではないか、と経基は思った。

興世王は、将門と謀《はか》って、次はこの自分を殺そうとするのではないか。

経基は、都に逃げ帰り、

「将門どの、武蔵権守興世王と謀らって、御謀反の疑いあり」

朝廷に報告をした。

将門は、下総、上総など、関東五カ国の解文《げぶみ》を添えて、謀反の心のないことを太政大臣藤原忠平に訴えた。

忠平は、またも、将門のために奔走した。

将門に謀反の心なし——

忠平の力で、表向きはそうなったが、朝廷は、関東諸国の守や介に、新しい人間を任命していた。

武蔵守に、百済貞連。

常陸介に、藤原維幾《ふじわらのこれちか》。

武蔵権介に、小野諸国。

常陸国に、藤原玄明《はるあきら》という者がいた。

この玄明が、新しく介として常陸国にやってきた藤原維幾とそりが合わなかった。

維幾が、厳しく税を取りたてようとしたのが気に入らず、これを払わない。

興世王は興世王で、新しい武蔵守百済貞連とうまくゆかない。

武蔵国を勝手に出て、下総は相馬《そうま》の将門のもとに転がり込んだ。

そこへ、常陸国から、玄明がやってきて、

「新しい介の維幾、税の取りたてが厳しすぎます」

将門に泣きついてきた。

ちょうどこの時――

前々から争っていた良兼に、将門の妻子が捕えられ、殺されてしまった。

妻は、君《きみ》の御前《おまえ》と呼ばれていたが、将門が良兼たちの軍と争っている最中、襲われ、葦津江に隠れた。

これを良兼に見つけ出され、犯された後に殺されたのである。

助かったのは、側妾《そばめ》の桔梗《ききよう》の前だけであった。

二

将門は、動いた。

まず、疾風のごとくに玄明、興世王と共に常陸国に藤原維幾を襲い、これを破った。

常陸国は、あっという間に将門の手に落ちてしまったのである。

「一国を打取《うちと》ると云《いふ》とも、其《そ》の過《と》が不過《すぎじ》。然《しか》れば同じく坂東《ばんどう》を押領《あふりやう》して、其気色を見給へ」

そう言ったのは、興世王であった。

「常陸の一国を奪いとったからは、もうあとへはもどれませぬぞ」

将門は、ここで真の謀反を起こしてしまったことになる。

いかな忠平といえど、もう、将門に代わってどういう申し開きもできない。

「こうなったら、坂東全てを手に入れるより他はないでしょうな。そうしておかねば、都より軍が攻めてきた時、迎え撃つことができませぬ。まず、坂東を手に入れてから、都の様子をうかがえばよろしいでしょう――」

興世王はそう言った。

これに対し、将門も、

「我が思ふ所只此《ところただこ》れ也《なり》」

そう答えている。

「東八ケ国より始めて王城《わうじやう》を領ぜむと思ふ。苟《いやし》くも将門柏原天皇の五世の末孫也《ばつそんなり》。先《ま》づ諸国の印鎰《いんやく》を奪ひ取《とり》て、受領《じゆりやう》を京に追ひ上《のぼ》せむ」

まず坂東八州を手に入れ、京まで攻め上り、都を我がものにせん――

将門は、そう宣言をした。

この将門は、そもそも柏原天皇より数えて五代目の孫である。東八州各国の印鎰を奪い、まず受領共を皆京に追い返してやろうではないか。

こうして、将門は、次々と諸国を攻めてこれを手に入れてしまった。

下野国。

上野国。

常陸国。

上総国。

安房国。

相模国。

伊豆国。

下総国。

この全てが、将門の所領となった。

都は、下総に置くことにし、左右の大臣、納言、参議、百官、六弁、八史なども定めた。

天皇の印や太政官の印を鋳造するため、その書体や、印の寸法も定めた。

諸国の受領も任命した。

下野守には、弟の将頼《まさより》。

上野守には、多治経明《たじのつねあきら》。

常陸介には、藤原玄茂《ふじわらのはるもち》。

上総介には、興世王。

安房守には、文屋好立《ぶんやのよしたつ》。

相模守には、平将文。

伊豆守には、平将武《まさたけ》。

下総守には、平将為《まさため》。

そして、将門は、自らを新皇《しんのう》と称したのである。

東の地に、新しい国家が生まれ、そこに平将門という新しい天皇が誕生したという意味であった。

新皇の誕生を皆に告げた時——

その場に居合わせた男のひとりが急に神がかりとなり、

「我は八幡大菩薩の御使《おんつか》ひなり」

このように言った。

「朕《ちん》が位《くらゐ》を、蔭子《おんじ》平将門に授《さづ》く。速《すみ》やかに音楽《おむがく》を以《もつ》て此《これ》を迎へ可奉《たてまつるべ》し——」

神までもが、将門の新皇宣言を認めたというのである。

生命があり、都に逃げ帰ったもと受領たちは、これを帝に報告した。

将門謀反——どころの話ではない。

すでに東国に新国家をたちあげ、自らを新皇と称しているのである。

大騒動となった。

「将門を討伐せよ」

「誰か、将門を討つ者はおらぬか――」

帝は訊ねたが、声をあげる者はいない。

もともと、将門は武勇の誉の高い人物であった。

東国での戦は、これまでほとんど負け知らずであり、とくに、興世王と一緒になってからの強さは神がかっている。

この時――

凝《じ》っと何かに耐えるように口をつぐんでいた藤原忠平が口を開いた。

「俵藤太どのがよろしいかと――」

俵藤太――藤原秀郷のことである。

「おう、秀郷か――」

俵藤太秀郷は、東国は下野の人間である。

若き頃より弓馬の芸に秀れ、人望もあった。

延喜十六年（九一六）に、一族与党を率い、近在を暴れまわったことから、都より流罪を言いわたされている。

しかし、それに従わなかった。

朝廷にしても、藤太を打ち負かし、捕えておいて流罪を言いわたしたのではない。

まだ、元気に暴れている藤太に対して、

「秀郷を流罪にせよ」

と言ったにすぎない。

これを実行するためには、藤太をまず捕えねばならないのだが、それができなかったのである。

結局、そのままとなった。

それから十三年後の延長七年にも、同様のことがあった。

この時にも俵藤太が濫行《らんぎょう》を起こしたが、都は藤太を捕えることはできなかった。

将門より以前に、東国では、似たような俵藤太の事件があったのである。

「あのような人物を野に置いておくのは、かえって危《あぶ》のうございます」

帝に、こう進言したのも、忠平であった。

「都へ呼び、ほどのよき官位を与え、何かの任《にん》を与えてやる方がよろしいかと——」

そういうことになった。

六位の官位が俵藤太に与えられ、この稀代の人物は都に住することとなったのである。

将門の乱にあたって、忠平の言葉通り、さっそく、俵藤太が呼び出された。

忠平が、ただふたりで、藤太と会った。

「おまえに、国をやろう」

忠平は、まず藤太に言った。

「ほう、国を——」

藤太の眼が光る。

「いずれの国でござりますか」

「下野国じゃ」

「なんと」

「そちを、このたび、下野国の押領使に任ずることとなった」

「しかし、下野国は――」

そこまで言って、藤太は口をつぐんだ。

東国の事情については、藤太も耳にしている。

平将門が、東国八州を全て自分のものにして、自ら新皇と名のっているらしい。

当然、下野国は、将門の手の内にある。

「それはつまり、将門どのを討伐せよとの下命ということでござりますな」

「いかにも――」

朝廷は、藤太に下野国を与える――だから自分の力でそれを自分のものにしてこいということである。

下野国を自分のものにする――それはつまり、将門を討つということになる。

秀郷と将門は、旧知の間がらである。

将門が都にいた時期に、忠平の所でも顔を合わせている。

下野と下総と離れてはいるが、同じ東国の生まれだ。

都の支配は受けぬという、独立独歩の精神的風土が、ふたりにはある。

藤太は、将門という男が好きであった。

身の丈《たけ》、六尺に余り、強力《ごうりき》。

馬の蹄《ひづめ》を指でつまんで、ひきむしることができたと言われている。

ある時——

「それを、やってみせろ」

という藤太に、

「馬がかわいそうではないか」

困ったようにそう言った将門の顔も好もしかった。

「代わりに、別のものを見せてやろう」

藤太を、竹林の中に連れてゆき、太い青竹の胸ほどの高さのところを、右手の親指、人差し指、二本の指で無造作につまみ、

「うむ」

小さく声をあげた。

いくらも力を込めたと見えぬのに、あっさりと青竹がつまみ潰された。

「うむ」

「うむ」

将門は、次々と十本、青竹を二本の指で潰してみせた。

驚嘆すべき力であった。

「こんなところでどうだ」

将門は言った。

「では、代わりに、おれも何か見せよう」

藤太はそう言って、腰から刀を抜き、それで竹を切り、簡単な弓と矢をそこで作った。

藤の蔓《つる》を細く裂いて弦《つる》とした。

矢は十本。

竹林を出て、

「ここらでよいか」

藤太は、足を止めて、あたりの地面を眺めた。

九本の矢を地面に突き立て、一本の矢を右手に持ち、弓を左手に握った。

無造作に矢を弓につがえ、天に向かってひょう、と射た。

一本の矢を射終えると、次の矢をつがえ、たて続けに矢を射た。

たちまち十本の矢を射終えた。

矢は、いずれも天に飛んでから、射た順に落ちてきて、どれも地面に突き刺さった。

「さて――」

地面に刺さっていた矢をそっと抜いてみせると、どの矢の先にも、一匹の蟻が射抜かれていた。

これも、驚嘆すべき弓の腕前であった。

藤太と将門とは、互いに認めあった仲であった。

もちろん、忠平も、藤太と将門の仲は承知している。

承知した上での申し入れであった。

「いやです」

あっさりと藤太は言った。

「将門を倒せるのは、おまえしかおらぬのだ、藤太——」

忠平は言った。

藤太は、この忠平が好きであった。

都へ来いと言われて、都へやってきたのも、この律義な人物がいたからである。

今度のことでは、何度も忠平が将門のことを庇《かば》っていたのも知っている。

そして、もはや、忠平が将門を庇いだてできるような状況ではなくなってしまったこともよく理解している。

しかし、だからと言って、何故、この自分が将門を討たねばならないのか。

「気に入りませんな」

はっきりと、藤太は言った。

「そもそも、こたびのことは、都が東国を支配しすぎたことにその因がござります。重い税を課し、それを厳しく取りたてました。そのことに、民も怒っているのです。いくら将門どのが乱を起こそうとも、民がそれを後ろから押さねば成《な》るものではありませぬ。このたび将門どのが乱によって東国八州を手にしたというのは、民がそれに味方したからでありましょう」

藤太は、日頃思っていることを口にした。

「できることなら、弓、太刀を引っ下げて、将門どのの軍にわたしも加わりたいくらいでござります」

正直な男であった。

藤太に見つめられて、忠平は思わぬことを口にした。

「しかし、藤太よ。今の将門は、おまえの知る将門ではない」

「それは、どういうことでございます」

藤太が問うと、

「浄蔵さま」

忠平が、後方に声をかけた。

と――

忠平の後方に立ててあった几帳《きちよう》の陰から人が立ちあがった。

僧衣を身に纏《まと》った人物であった。

その人物は、歩んでくると、忠平と藤太を横から見るかたちで、少し離れた場所に座した。

「叡山横川《えいざんよかわ》の浄蔵さまじゃ」

忠平が言った。

「浄蔵にござります」

その僧は、藤太に向かって、丁寧に頭を下げた。

忠平が、眼でうながすと、

「今度《こたび》は、北斗の周囲に、異様の星が動いております」

「異様の星？」

「将門どのが、東国で起こした乱でござりますが、その背後には、人に非《あら》ざる力が動いているようでござります」

「人に非ざる力？」

「尋常の方では、とてもこの力にはかないませぬ」

「おれならばということか――」

「はい」

浄蔵はうなずき、

「俵藤太さま、そして、平貞盛さま――」

「――」

「おふたりは、この世に兵《つわもの》数ありと言えど、その中でもたいへんに秀れたお力をお持ちでござります。おふたりが力を合わせれば――」

「お待ちを――」

藤太が、浄蔵の言葉を遮った。

「まだ、わたしはゆくと申しておりませぬ」

「確かに――」

「それよりも、気になるのは、先ほどの忠平さまの言葉――将門が、わたしの知る将門でないと申されましたが」

「うむ」

「それは、どういうことでござりましょう」

「とても、口では説明しきれぬ。ぬしの眼でたしかめるのが一番であろう」

「わたしの眼で？」

「そうじゃ」

「ようするに、東国へゆけと？」

「うむ。東国へ行き、将門に会うてくればよい。どうするかは、その時に、ぬしが決めればよい」

「どうするかとは？」

「将門を討つも、将門に味方して、都に弓を引くも、ぬしの心のままということじゃ」

「よろしいのでござりまするか」

「かまわぬ」

忠平にそこまで言われては、藤太も断われない。

「ゆきましょう」

そう返事をした。

「御決心なされたのなら、秀郷さま、ひとつお願い申しあげたきことがござります」

そう言ったのは、浄蔵である。

「何でござりましょう」

「ただいま、矢はお持ちでござりますか」

「矢？」

「それを一本、拝借させていただけませぬか――」

「矢ならば持っているが――」

ここへ来るのに、藤太は供の者を連れてきている。

弓と矢は、その供の者が持っているはずであった。

藤太は、さっそく供の者を呼んで、矢を一本、浄蔵に手渡した。

みごとな鏑矢《かぶらや》である。

「これで、よろしゅうござりますか」

「はい」

浄蔵はうなずき、

「もうひとつお願いがござります」

そう言った。

「何でしょう」

「秀郷さまの、お髪《ぐし》を一本、いただけましょうか」

「ならば、たやすきこと――」

藤太は、髪を一本抜き、それを浄蔵に手渡した。

髪を受け取った浄蔵は、先に受け取った鏑矢の柄に、その髪をていねいに巻きつけて縛った。

「これで、よろしゅうござります」

「いったい、それを何に使うのでござりましょう」

藤太が訊ねると、

「秀郷さまのために、使うのでござります」

浄蔵は言った。

「わたしのために？」

「東国で、もしも何かの助けが必要となられたおりには、南無八幡と、口の中でお唱え下され。この矢と共に、この浄蔵めが、秀郷さまを助けに参上いたしましょう」

「ほう」

「それから、秀郷さま。東国へ下る際には、勢多の大橋を渡られてゆかれるのがよろしかろうと思います」

浄蔵は、そう言った。

下野への下向のおりに、大蛇がいるという勢多の大橋を、藤太が通ったのはそのためであった。

いや、藤太であれば、たとえ浄蔵の言葉がなくとも、大蛇の話を耳にして勢多大橋を通っていたろう。

こうして、俵藤太――藤原秀郷と平貞盛は、東へ下ったのであった。

勢多の大橋で、藤太が大蛇をまたいだのは、この時である。

三

浄蔵という僧は、逸話の多い人物だが、将門の乱のおりのことで言えば、『拾遺往生伝』に、次のような逸話が残されている。

また天慶三年正月廿二日、横川において坂東の賊の首《かしら》、平将門を調伏《てうぶく》せむがために、二七日を限りて、大威徳法を修せり。将門弓箭を帯して、燈明の上に立つ。人人驚きて見るに、俄《にはか》に流鏑《かぶら》の声示《あらは》れて、東を指して去れり。便ち知りぬ調伏の必然なることを。この事に依りて、公家仁王会《にんわうゑ》を修せられ、方法師を択びて、待賢門の講師となせり。

その日将門が軍《いくさ》京に入る、云々といふ。方法師奏して曰く、将門が首《かうべ》を進《たてまつ》らしむるならむといへり。果してその言のごとし。


将門の乱のおり、浄蔵が、将門調伏のため、叡山の横川で、十四日にわたって大威徳明王法を修したというのである。

護摩壇《ごまだん》で、護摩を焚き、これを修していると、十四日目に、燈明の灯りの上に、戦装束に身を包んだ男の姿が浮かびあがった。

弓を持ち、矢を背に負い、太刀を下げた平将門の姿であった。

「将門じゃ」

他の者たちは、驚いて声をあげたが、浄蔵は騒ぐことなく、修法を続けていた。

ほどなく、将門の姿は消えた。

なおも浄蔵が修法を続けていると、どこからともなく、

「南無八幡……」

という声が響いてきた。

と——

護摩壇の向こうに置いてあった一本の鏑矢が浮きあがり、にわかに音をたてて東の空に向かって飛び去った。

ほどなくして、浄蔵は立ちあがり、

「これで、将門どのも終りであろう」

低い声で、そうつぶやいたというのである。

巻ノ八　道満暗躍

一

ごとり、
ごとり、
と、牛車は進んでゆく。

晴明と博雅は、その牛車に乗って、揺られている。

源経基の屋敷に向かっているところであった。

「しかし、平将門どのとはなあ……」

博雅がつぶやく。

「おれには、言われるまでわからなかったよ」

博雅は正直である。

実は、自分もそう思っていた——そういうことは言わない。

「なあ、晴明よ。保憲どのは、最初からわかっていて、おまえに頼んだということだな——」

「うむ」

晴明は、小さく顎をひいてうなずいた。

保憲が、晴明の屋敷へやってきて、帰っていったのは昨夜のことである。

「近ごろ、都に起こるもろもろのことがどうも気になってなあ——」

昨夜、保憲は晴明にそう言った。

それを、博雅も聴いている。

「ちょっと嗅ぎまわってみたのだが、やはり気になる」

保憲は言った。

「それで、晴明、おまえにちょっと動いてもろうたのだ」

晴明が動き、その背後に将門の匂いを嗅ぎとれば、

「おれの考えていたことは、間違いではないことになる」

しかし、始めから晴明に将門の名を告げるわけにはいかない。

もしも、将門の名を出せば、晴明も、自分が眼にするものを、自然に将門と結びつけてしまうかもしれない。

人とはそういうものだ。

「だから、おれは、おまえに何も言わなかったのだ」

保憲はそう言った。

「おまえが、この件で将門どのの名を出すようなら、まず、これは当たりさ。まさか、このおれとおまえが、そろって間違うはずもないからな」

晴明が動けば、裏にひそむ何ものかも動く――

「そうすれば、相手の正体も、もう少し見えてくるであろうと思ったのさ」

保憲は言った。

そして、それはその通りとなった。

晴明が動いてから、次々と都では、将門にゆかりのある人物の間に、事件が起こるようになっていったのである。

そして、今、晴明と博雅は、源経基の屋敷へ向かっているのである。

東国で、あの興世王と共に、武蔵介として、しばらく行動を共にしていた人物であった。

「しかし、晴明よ――」

博雅は言った。

「何だ、博雅」

言った晴明の頰に、簾越しに入ってきた外の明りが当たっている。

「何故、経基どのに会いにゆくのだ――」

「色々と、お訊ねしたいことがあるのさ」

「どんなことを?」

「二十年前のことを――」

「ほう?」

「将門どのが謀反なされた頃のことをだ」

「だが、経基どのは、釘を打つ女の夢を何度も御覧になって、ただいま御悩《ごのう》とのことではないか」

「それは、おまえから聴かされている」

「よいのか」

「その御悩が、この晴明が訪ねてゆくよい理由になるではないか——」

「なるほど——」

「博雅よ、将門どのの噂は耳にしているか？」

「噂？」

「将門どの、身の丈《たけ》七尺、鉄《くろがね》の身体をされていたという話ぞ」

「おれも耳にしたよ。しかし、噂は噂だ。それほどにお強い方であったということではないのか。京にいらした時に、そのような身体であったら、そういった話が京にも残っているのではないか——」

「実はな博雅、それがそうも言えぬらしいのさ」

「なに!?」

「藤原忠平様が、後に書き記されたものが残っていてな、保憲様がおれにそれを見せてくれたのだが——」

晴明は、そこを博雅に語って聞かせた。

　その有様殊に世の常ならず。身長《みのたけ》は七尺に余りて、五体は悉く鉄《くろがね》なり。左の御眼に瞳二つあり。将門に相も変らぬ人体同じく六人あり。されば何れを将門と見分けたる者は無かりけり。


「本当か」

「うむ」

晴明はうなずいた。

「将門どのについては、色々と気にかかることもある」

「どのようなことだ」

「さあて——」

「また、もったいぶる気か」

「いや、そうではない。実は、おれにもよく見えぬことばかりなのだ」

「ほう」

「おそらくは、浄蔵様がこのことについては一番御存知なのではないか——」

「浄蔵様が？」

「いずれ、話をうかがいにゆかねばなるまいとは思っているのだが——」

「ならば、経基どののところへゆく前に、何故、浄蔵様の所へ先に行かぬのだ」

「いや、博雅よ、あれで、浄蔵様、なかなかどうして喰えぬお方なのさ」

「喰えぬ？」

「保憲様も、それでこのおれを巻き込んできたのだろう」

「——」

「保憲様は、実は浄蔵様が苦手でな」

「あの方にも苦手があるのか」

「人だからな」

「人？」

「人には、誰でも弱みや苦手はあるということさ」

「おまえはどうなのだ、晴明」

「おれか」

「何か苦手か弱みはあるのか」

「人だからな」

晴明は、先ほどと同じ言い方をした。

「何なのだ」

「まあ、よいではないか、博雅」

「よくない」

「今は別の話ぞ」

「気になる」

「それよりも浄蔵様の話だ」

晴明が、話をもどした。

博雅が、口を開きかける前に――

「まあ、だから、いずれ浄蔵様にはお会いするにしても、その前にできるだけこのことについては知っておきたいのだよ」

「知っておく？」

「知っておけば、浄蔵様から話をうかがう時も、話の通りがよいというものだ」

「ふうん」

「浄蔵様の所へゆく前に、藤原秀郷様、藤原師輔様からも、話をうかがっておかねばならぬだろう」

「平貞盛どのは？」

「何度か顔を出さねばなるまいさ。放ってもおけまいからな」

「そうか」

「貞盛様については、まだ気になることもあるしな」

「おう。そう言えば晴明、あの時、何とか言っていたな。そのことか」

「そのこと？」

「維時どのに言うていたことさ。児干《じかん》とか何とか言っていたではないか」

「――――」

「教えてくれ、晴明。児干とは何なのだ」

「博雅よ。今は、それは言わぬ方がよかろうよ」

「またそれか」

「いずれ、そういうことであればいやでもわかることだ。そうでなければ、知らなくていいことだからな」

「そんな言い方をされたら、ますます気になってくるではないか」

「許せ、博雅。これは貞盛様の御名に関わることなのでな。軽々しく口にはできぬのさ
――」

「御名に？」

「ああ」

晴明はうなずき、

「今は、まず、経基様のことだ、博雅よ」

牛車の行く方向に眼をやりながら言った。

二

経基は、床に伏せっていた。

晴明と博雅は、その枕元に座している。

「いや、晴明どの、よう来てくだされた」

仰向けになったまま、経基は言った。

今にも消え入りそうな声であった。

額には、大きな瘡があり、赤く腫れあがっていた。

両耳からは、膿が流れ出し、枕を汚している。

両の眼は、まっ赤に充血し、眼尻からは血の色をした涙がこぼれている。

「博雅様から、夢の話はひと通りうかがいました。性《たち》の悪い夢を御覧になられるとか」

晴明は言った。

「そうじゃ。昨夜は、眼であった。夢にあの女が現われて、今度は両の眼に釘を——」

そこまで言って、その夢を思い出したように眼を閉じ、

「——しかも、女は、こうやって左手の指でわしの目蓋《まぶた》を開いているものだから、眼を閉じることができぬのだ……」

声を震わせて言った。

それで、右手に持った釘を、ずぶりと目だまに突き刺してきたのだという。

あとは、右手に槌《つち》を握って、それで釘を叩く。

痛い。

痛いが動けない。

声も出ない。

眼覚めてみれば、夢であるはずなのに、眼が痛む。

身体中、これまで釘で打たれた場所が赤く腫れている。

経基にとっては、もはやこれは夢のできごとではない。半分以上は現実のできごとである。

「このままだと、このわしはどうなってしまうのか——」

眠らずにいようと思っていても、眠らぬわけにはいかない。

自然と眠くなる。

我慢ができない。

で、眠ってしまい、また夢を見ることになる。

「もしも、なんとかなるものであれば、この晴明が出しゃばってもよろしゅうございますか」

「おう」

経基は声をあげた。

「何でもかまわぬ。頼む、晴明どの。何とかして下され」

「では、どなたか、力強き者をひとり、おかりできましょうか」

「むろんじゃ」

経基は、必死の声をあげて、

「これ、誰ぞおらぬか」

家人《けにん》を呼んだ。

やってきた家人のひとりに声をかけ、

「安倍晴明様をお助けして、言われた通りにせよ」

このように命じた。

「では」

晴明は立ちあがった。

「鍬《くゎ》を持ってあちらへ」

館の外へ出、しばらく前に博雅と牛車でくぐったばかりの門に向かって歩き出した。

門から外に出た。

後から、鍬を持った家人と博雅が続いた。

門を出て、半間ほどのところで晴明は立ち止まり、

〔ほどなく足を止めた。〕

地面を見つめながら、一歩、二歩、右に動いたり左に動いたりして、ほどなく足を止めた。

「ふむ」

「この、我が足の下をその鍬で掘ってみられよ」

晴明は家人に向かって言った。

家人が、晴明が足で示した場所を掘りはじめた。

「一尺ほども掘ればよかろう」

晴明が言う。

「何だ、晴明、ここに何があるのだ」

博雅が問う。

「さて、何かな」

「知らずに掘らせてるのか」

「まあそうだ」

「そう!?」

「何が埋まってるかはわからぬが、何かは埋まっているはずだ」

「なに」

「出てくれば、すぐにわかる」

晴明が言い終えぬうちに、家人が使っている鍬の先が、
かつん、
と何か堅いものにぶつかった。

「何かござります」

家人がさらに鍬を使うと、地面の下一尺ほどのあたりから、器《かわらけ》が出てきた。

「こんなものが」

家人が、それを拾いあげて晴明に手渡した。

「ほう、こんなものが出てきたぞ、博雅」

晴明は、手に持ったそれを、博雅に見せた。

「それは？」

「器《かわらけ》さ」

晴明は言った。

それは、ふたつの器《かわらけ》を口どうし合わせて、それが離れぬよう細い紐で十文字に縛ったものであった。

振ると、中に何やら入っているらしく、音がする。

晴明は、器用な手つきで器《かわらけ》を縛った紐を解き、合わさっていた口を開いた。

「おう」

晴明の肩口から覗き込んでいた博雅が声をあげた。

合わさった器《かわらけ》の中から出てきたのは、一本の釘であった。

「く、釘ではないか」

しかも、その釘に何か錆のようにこびりついているものがある。

「それは、何だ」

そのこびりついているものを見て、博雅が問うた。

「おそらく、血であろうな」

「血だと?」

「うむ」

言って、晴明は歩き出した。

門をくぐって、屋敷の中にまた入ってゆく。

「お、おい」

「次は中だ」

「中?」

晴明は答えない。

経基の寝所にもどり、

「こんなものが出てまいりました」

釘を持って、経基に示した。

「な、何じゃ!?」

「呪《しゅ》のかかりましたる釘にござります」

「し、呪!?」

「はい」

うなずいて、晴明は頭上を見上げ、

「もうひとつ、ござりますな」

そう言った。

「もうひとつ？」

「ござります」

晴明は、近くにいた家人に声をかけ、

「あそこの梁《はり》に登ってもらえるとありがたい」

頭上の一本の梁を指差した。

「は、はい」

家人はうなずき、もうひとりの家人を呼んできた。

その家人を、件の梁の下で四つん這いにさせ、自分はその家人の背に乗って梁に手をかけ、

「む」

低く声を放って、梁の上に登ってしまった。

「何か見えるはずだ」

下から晴明が言う。

「釘がござります」

家人が言った。

「釘だと？」

博雅が下から言う。

「ちょうど、経基様の頭《つむり》の上あたりに、一本の釘が打ち込まれております」

「抜けそうか」

晴明が、何もかも承知しているといった様子で訊ねた。

「はい。打ち込まれているとは申しましたが、先だけが浅く入っている様子なれば——」

家人は、梁を跨ぎ、足を下に垂らして座っていたのだが、両手を前の梁に突いて尻を浮かせ、前ににじり寄った。

次に右手を伸ばし、梁の上にある何かを掴んだ様子であった。

下から見上げている者には、何をその右手が掴んだのかは見えないが、その手の動きは釘らしきものを抜こうとしているように見える。

「抜けましてござります」

家人は、上から、今抜いたばかりのものを右手に握って、それを下の晴明に示した。

釘である。

「それを、これへ」

晴明が言うと、家人は上からそれを下へ軽く投げ落とした。

晴明が、それを宙で右手に掴んだ。

それを見つめ、

「なるほど」

晴明は、納得したようにうなずいた。

博雅が、横から覗き込めば、さきほどのものと同じ、四、五寸ほどの釘が晴明の手の中にある。

しかも、やはり、錆のごときものが釘についている。

「それも、血か――」

「うむ」

晴明がうなずく。

晴明は、両掌を合わせ、指と指をからませ、そこから右手の人差し指と、左手の人差し指を立てた。

掌の間には、二本の釘が重なって挟まれている。

その釘を挟んだ両掌に顔を寄せ、眼を閉じて、晴明は何やら低い声で呪を唱えはじめた。

呪を唱え終えてから、晴明は、合わせた掌に、

「ふっ」

と小さく息を吹きかけた。

眼を開き、

「済みました」

晴明は言った。

「済んだ?」

「はい」

晴明はうなずき、微笑して、上から経基を見下ろした。

「お身体、軽くおなりあそばされたのではござりませぬか」

「――」

下から晴明を見あげていた経基の視線が止まった。

宙の一点をしばらく見つめ、

「お——」

声をあげた。

「い、痛みがない……」

つぶやいた。

視線をまた晴明にもどし、

「身体が楽になった」

そう言った。

「手、手を——」

寝床から手を伸ばす。

家人がその手を取ると、経基は、ゆっくり床の上に身を起こしてきた。

「な、なんということじゃ、身体を動かせる」

「よろしゅうございました」

晴明が、そこに座した。

「せ、晴明、何をしたのじゃ」

「経基様にかけられていた呪をはらわせていただきました」

「呪？」

「これでございます」

右手を開いて、握っていた二本の釘を晴明は見せた。

「その釘が――」

「何ものかが、経基様に呪をかけんとして、門の前に埋め、あの梁の上に刺していったものにござります」

「そ、それが今度《こたび》のことの原因か」

「はい」

「何者が、何のためにそのようなことを？」

「わかりませぬ」

晴明は、静かに首を左右に振った。

「経基様にお心あたりは？」

「ない」

経基は言った。

その後、しばらく黙って、

「ない――はずじゃ……」

そう言った。

「だ、だが晴明よ――」

「はい」

「この屋敷を出《いで》て、別の屋敷にも行って寝たが、そこにも女はやってきたぞ」

「一度、呪がかかってしまえば、あとは楽なこと――」

「楽？」

「お出かけになられたおり、何者かに後を尾行《つ》けられたのでございましょう」

「尾行《つ》けられた？」

「尾行《つ》けて、経基様のお入りになられたお屋敷の門の前に、このようなものを埋めたのでしょう」

「な――」

「すでに、呪がその身体にかかっておりますれば、梁の上にまで釘を打つ必要はございませぬ。門の前に埋めるだけで、充分に用は足ります」

「では、あの女は――」

「女の本体ではございませぬ」

「本体ではない？」

「陰態《いんたい》でございましょうな」

「陰態？」

「影のごときものでございます。本人は別の所にあって、陰態として、経基様のもとに通われたのでありましょう」

「――」

「常人には見えぬものにてございますれば、経基様御本人にしか見えませぬ」

「も、もう、これで大丈夫なのか。もう、あの女は来ぬのか――」

「ひとまずは――」

「ひとまず？」

「何かあるとすれば、また、同様のことをされた場合でござります」

「また、されるのか」

経基の声が怯えている。

「御心配であれば、日に一度、門の前と梁の上を、家の者に調べさせればよろしかろうと思います」

「そうしよう」

「これは、わたしが頂戴してよろしゅうござりまするか」

晴明は、持っていた釘を、経基に見せた。

「おう。持っていってくれるのならありがたい。そんなものを置いてゆかれても怖ろしいばかりじゃ」

「では――」

そう言って、晴明は、懐から紙を取り出しその紙に二本の釘を包んで懐に収めた。

その手が、懐から一枚のたたんだ紙片を取り出してきた。

「経基様」

「うむ」

「養生して、五日も寝ていらっしゃれば、またもとの如くにお元気なお身体にもどられましょう」

「それはありがたい」

「しかしまた、いつ、何者が同様のことを仕掛けてくるかわかりませぬ」

「誰が仕掛けてくる？」

「わかりませせぬと申しあげました。しかし、もしやの時のため、これを用意してまいりました」

晴明は、紙片を広げて、それを経基に見せた。

「これは――」

絵が描かれている。

一頭の獣の絵だ。

「象――では、ないか……」

確かにそれは象に似ていた。

鼻が長い。

眼も細い。

「天竺《てんじく》の象ではないのか」

「違います」

晴明は、小さく首を左右に振った。

よく見れば、象にしては耳が小さく、牙がない。

この頃、仏教と共に、象の絵や像は日本に入ってきており、当然ながら経基も、象の背に座した普賢菩薩や、象頭人身の歓喜天像は眼にしている。

「何じゃ」

「貘《ばく》にござります」

「貘?」

「はい」

「何じゃ、貘というのは」

「夢を食べるという獣にござります」

「夢を?」

「夢と申しましても、食《しょく》するのはただの夢ではござりませぬ」

「ほう」

「この貘、夢は夢でも悪《あ》しき夢ばかりを喰らいます」

「悪しき夢ばかり?」

「さようなれば、また、何か悪しきものが経基様の夢に入り込んでこようとしても、この貘がそれを食べてしまいます」

「そうか」

「たとえ相手の呪が強くとも、この貘がおりますれば、その力を弱くすることができましょう」

「おう」

「今晩からは、お寝《やす》み前に、この貘の絵を枕の下に入れてお寝み下されますよう」

「いや、ありがたい、晴明どの」

「何かありましたら、この晴明がまた参じましょう。御心《おこころ》安らかに——」

「心強き言葉ぞ」

経基は言った。

「これはこれとして、経基様――」

晴明が、あらたまった口調で言った。

「何じゃ」

「別のことで、少しおうかがいしたきことがひとつふたつございまするが、よろしゅうございましょうか」

「おう、晴明よ、何なりと訊くがよい」

すでに、経基の声には張りがもどっている。

「何のことじゃ」

「平将門様のことにてございます」

「将門――」

経基の眼つきが、一瞬、遠いものになった。

「あの、将門のことか」

「はい」

「何を聴きたい？」

「朝廷に、平将門に謀反の志ありと、奏上したのは経基様にござりましょうや」

「いかにも、わしじゃが……」

「坂東で、将門様にお会いになったことは何度か――」

「うむ」

「その将門様でござりまするが、妙な噂がござります」

「あるな」

「身は鉄《くろがね》。あい似たる六人の者がいて、それがいつも、将門様に従っていた？」

「うむ」

「それは、真実《まこと》にござりましょうや」

「というと？」

「経基様がお会いになられたおりの将門様、そのようなお方でござりましたか」

「いや、わしが会うた将門は、身体も大きかったが、それでも常の人と変わりはなかった——」

「身は鉄《くろがね》？」

「いいや」

「左の眼に瞳がふたつ？」

「いいや」

経基は首を左右に振った。

「そんなことはなかった」

「経基様が、都に奏上にもどられてから、将門様に会われたことは？」

「ない」

「すると、件の噂が真実であれば、経基様が坂東を去られた後、将門様はそのような身体になられたということでござりますな」

「であろうな」

経基はうなずいた。

「もうひとつ、うかがわせていただけまするか——」

「何じゃ」

「興世王どののことでござります」

「ほう」

経基が、身を乗り出してきた。

三

闇の中で、赤あかと火が燃えている。

杉林の中であった。

いずれも、千年を越える太い杉ばかりである。

根が、太い蛇のごとくに地を這っている。

その中に、ひと際巨大な杉の樹がある。

優に二千年は歳を経ていると思われる杉の樹であった。

その杉の樹の根元に近い場所で、火は燃えていた。

火に面した杉の幹や、頭上に伸びた枝に、炎の色が赤く映って、まるで杉林が燃えているようであった。

その炎を、五人の人間が囲んで座していた。

四人の男。

独りの老人。

老人が、巨大な杉の幹を背にして座し、四人の男たちと向き合うかたちになっていた。

四人の男たちは、いずれも、黒い小袖を身に纏い、腰に太刀を帯びていた。

老人は、髪も、髯も白い。

「なるほど、見つけられたか」

老人が、低い声でつぶやいた。

「はい」

四人の男たちのうち、ひとりがうなずいた。

「経基め、これで寿命が延びたか」

「見つけたのは、土御門の陰陽師にござります」

「晴明か」

「はい」

「では、釘はあの男が？」

「持ち帰ったものと思われます」

「あの男が深入りしてくると、少しばかり面倒なことになる……」

「襲いましょうか」

「待て」

「待つ？」

「たやすい相手ではない」

「――――」

「本来なれば、あの浄蔵めを穴から這い出てこさせるつもりであったに、先に晴明が出てきたかよ」

「そのようで――」

「いずれ、その裏には浄蔵がおるのであろうが……」

そこまで言って、老人は、向かって一番左端の男に視線を向け、

「右腕は、まだ見つからぬか」

そう問いかけた。

「はい」

男がうなずく。

「まあよい。いずれ、いやでもわかろうからなあ」

そう言ってから、

「ところで、あの師輔が、何やら襲われたらしいが、誰《たれ》か、わしに内緒で先に動いたか？」

四人の男に、老人は平等に問うた。

「いいえ」

「誰も動いてはおりませぬ」

四人の男たちが、それを否定した。

「奇妙だの……」

そう言った老人の口が、堅く結ばれた。

老人は、無言で首《こうべ》をめぐらせ、左手奥の、杉林の闇の中に眼をやった。

しばらく、その闇を見つめ――

「おい、出て来ぬか」

そう声をかけた。

と――

「いやあ、見つかっておったか」

声がした。

男の声だ。

四人の男たちは、太刀に手をかけ、片膝立ちになって、後方を振り向いた。

一本の杉の樹の陰から、頭を掻きながらひとりの老人が姿を現わした。

黒い、ぼろぼろの水干を身に纏った老人であった。

ぼうぼうと伸び放題の白髪。

伸ばしたまま、どれだけ放っておいたらこのようになるかと思われるような髯。

「おぬし――」

「蘆屋道満じゃよ」

老人は、黄色い眼を炯々《けいけい》と光らせながら言った。

蘆屋道満がそこに立っていた。

「珍しい所で会うたもんじゃのう、祥仙《しょうせん》どの……」

道満が言った。
「くむうっ」
ひと声あげるなり、右端にいた男が、太刀を引き抜き、道満に向かって走った。
「けやっ」
道満の脳天目がけて、その太刀を振り下ろした。
がつん、
と音がして、その太刀は、道満の額を割って、眼と眼の間まで潜り込んでいた。
「むう」
道満は、声をあげた。
道満の黄色い眼が動いた。
左右の眼球が、ぎろりと回って寄り目となり、間に潜り込んだ刃を見つめた。
道満の口元が左右に吊りあがる。
笑った。
か、
か、
か、
か、
か、
乾いた声で笑い、赤い舌を、黄色い歯の向こうで踊らせた。

「な!?」

太刀で切りつけた男は、後方に跳んだ。

道満の額に潜り込んだ太刀をはずすことができずに、両手を放していた。

太刀が、道満の額に残った。

「無駄じゃ」

道満は、そう言って、からからと嗤った。

三人の男たちは、すでに太刀を引き抜いて立ちあがっている。

「やめておけ」

その向こうから、老人——祥仙が、男たちの背に声をかけた。

「あれは、傀儡《くぐつ》じゃ……」

祥仙は言った。

「傀儡?」

太刀を失った男がつぶやいた。

「本体は、別の所にあって、あれを動かしているだけじゃ」

「むう」

「切ったとて、突いたとて、あれはただの木偶《でく》ぞ——」

祥仙が言った。

「さすがに、ようわかるのう」

けくけく、と笑いながら、道満が焚火の方に歩んできた。

その額に、大太刀がめり込んだままであるというのが異様であった。

道満が、眼の前に来た。

「逃《の》けい」

道満が言うと、男たちが左右に割れた。

そこを、悠々と歩いてくると、道満は、火をはさんで、祥仙の前に腰を下ろした。

道満の額にも、額に潜り込んでいる刃にも、炎の色が赤く映って揺れている。

「おう、暖かいのう」

道満は、炎に手をかざし、

「山の夜は、冷えるわい」

祥仙を見て、にいっと笑った。

「何の用じゃ、道満どの――」

祥仙は問うた。

「用か――」

道満は、火に眼をやり、

「用は別にない」

ぼそりと言った。

「ない？」

「ない」

「何をしに来た」

「別に。ただ、見物させてもろうている」

「見物?」

「そうさ、見物さ」

「何を見物する?」

「祥仙どの、ぬしらが、これから何をしようとしておるのか、晴明がどう出るか、それをな」

「ふむ」

祥仙は、道満の真意をさぐるように、道満を見つめた。

「我が望みは、できるだけおもしろいことになって欲しいということじゃ」

道満は言った。

「ほう」

「たとえば、都など、滅びてしまってもよいと思うておる。そうなら、見物のしがいもあるというもの」

「見物するだけか」

「おもしろうならぬようなら、少しわしが出ていってたきつけることくらいはするかもしれぬがな」

「妙な御仁《ごじん》じゃ」

祥仙は、微笑した。

しばらく、道満と祥仙は見つめ合った。

「祥仙どの——」

ほどなく、道満が言った。

「何でしょう」

「何かしておられますな」

「何か、とは？」

「貞盛に、何ぞしておるであろうがよ」

道満は言った。

「はて――」

「とぼけずともよい。このわしがわかったことじゃ。あの晴明も、感づいているであろうよ」

「ほう？」

「晴明をあなどらぬことじゃ。おもしろうないからな」

道満は、微笑した。

「そろそろ、ゆく……」

道満は、つぶやいた。

つぶやき終った道満の身体が、前のめりに炎の中に倒れ込んだ。

火の粉がはぜ、音をたてて道満の身体が燃え出した。

見れば、それは、木でできた人形であった。

その人形の額に潜り込んだ太刀の切先が、炎の中から天に向かって立っている。

「おもしろい御仁じゃ」

祥仙はつぶやいた。

つぶやいたその唇から、低い笑い声が洩れてきた。

「道満であろうが、晴明であろうが、邪魔はさせぬ。必要ならば、道満も殺してくれようぞ……」

祥仙は、その唇に、寒けを覚えるような笑みを浮かべていた。

巻ノ九　興世王《おきよおう》

一

俵藤太は、ただひとりで、将門の屋敷の門をくぐった。

会いたし——

そういう文を送ったら、ただ一人《いちにん》にて来れば会うべし、という返事が来たからである。

「ゆく」

藤太がそう言った時、臣下の者すべてが藤太を止めた。

「将門めの策略かもしれませぬ」

「ひとりで行って、殺されたら何といたします」

これに対して藤太は、

「何といたすも、殺されたら何もできぬではないか」

そう言って笑った。

「いよいよの時は、死ねばよいだけじゃ」

ただ一騎、馬に乗って出かけた。

供の者も連れなかった。

弓も矢も持たず、身に帯びたのは、黄金丸《こがねまる》ただひと振りのみであった。

将門に会って、俵藤太は驚いた。

まず、その姿が別人の如くに変貌していたからである。

藤太は、円座《わらざ》に座して、将門と対面した。

左右には、ずらりと将門の一門や、その家来たちが、いかめしい顔で並んでいる。

いずれも、藤太の武士《つわもの》としての名声も知っており、藤太が、将門と酒を飲みに来たのでないこともわかっている。

その男たちに囲まれて、悠然と藤太は座している。

藤太の正面に座しているのが将門である。

将門のすぐ左横に座している、色の浅黒い男が、興世王《おきよおう》であった。

「久しぶりじゃのう、藤太――」

将門は言った。

その声は、低く、太くなってはいるものの、まさしく、聴き覚えのある将門の声であった。

だが、その声に比べて、その顔つきや身体つきの変わりようはどうだ。

まず、身体が大きくなっている。

以前は、丈六尺ほどであったのではないか。

その六尺という丈だけでも充分大きいのに、今は、その身体は、さらにひとまわり、ふたまわりも大きくなっている。

丈は七尺はあろう。

一尺あまりも背が伸びている。

顔の色は黒。

まるで、鉄《くろがね》のごとくに黒光りしている。

口は大きくなり、歯は、いずれも長くなっている。

特に、犬歯に至っては、三倍余りも長くなっているであろう。

鼻孔は、左右に大きく広がり、眼尻の左右が吊りあがっている。

髪は縮れて立ち、前と言わず、後方と言わず、右と言わず左と言わず、天と言わず、地と言わず、全ての方向にぼうぼうと伸び放題に伸びている。

見た眼は別人のようだが、よく見れば、眼元のどこかに以前の将門の面影が残っているようであり、口元がほころびれば、やはり、以前の将門の面影がそこにある。

「その変わりようはどうしたのじゃ、将門――」

藤太が問えば、

「これが、おれの自然《じねん》よ」

将門は言った。

「都の軛《くびき》から逃《の》がれて、自由になったからよ――」

「自由、とな?」

「ああ、生まれてはじめて、おれは人《ひと》になったような気がするわ」

「人？」

「以前のおれは、人であって、人でなかった。今、ようやく、人になった心地ぞ」

「ほう」

「どうじゃ、藤太」

「何じゃ」

「ぬしも、おれのように、都に弓を引く気はないか」

「おもしろそうじゃ……」

藤太が言うと、

「おう——」

という低いどよめきが、そこにいる男たちの間からあがった。

「よい気分ぞ、自然のままに生きるというのは——」

この会話の最中、興世王は、ただ凝《じ》っと口をつぐんだまま、将門と藤太の話を聴いているだけである。

藤太を眺めている眼の中に、薄気味悪い光が宿っている。

「酒をもてい」

将門が声をかけると、何人かの女が、膳《ぜん》の上に酒の入った瓶子《へいし》と杯を載せて、姿を現わした。

将門の前——

興世王の前——

そして、藤太の前にも膳が置かれた。

「どうぞ……」

藤太の横に座した女が、瓶子を手に取って言った。

見れば、二十歳《はたち》ばかりの、美しい女である。

「うむ」

杯を持って差し出すと、そこへ、縁から溢《あふ》れるほどの酒が注がれた。

それを、藤太は、ひと息に飲み干した。

「よい飲みっぷりじゃ」

言って、将門も、自分の杯の酒を飲み干した。

「どうじゃ、藤太——」

干した杯を手にしたまま、将門は言った。

「おれを討つことができそうか」

からからと笑った。

「よいものを見せてやろう」

将門は、そう言って立ちあがった。

歩いて藤太の横を通り、素足のまま庭に下り立った。

「誰《たれ》ぞ、馬を持ってまいれ」

すぐに、一頭の馬が庭に引き出されてきた。

将門は、馬の首を太い両腕で抱え、

「むん」

たちまちそこに捩《ねじ》り倒した。

倒れた馬の前肢《まえあし》を左手でひっつかみ、ぐいと引き寄せ、右手で蹄《ひづめ》をつかんだ。

そして、そのまま無造作に、
めりめり、
と蹄を毟《むし》り取ってしまった。

馬は、痛さのあまり声をあげ、逃がれようとして暴れた。

しかし、将門に押さえ込まれていて、逃がれることができない。

将門は立ちあがり、血にまみれた蹄を投げ捨てた。

馬は、立ちあがったが、左の前肢をあげたままだ。

三本肢で立っている。

左前肢から、地面にぼたぼたと血が滴《したた》っている。

むごい。

「どうじゃ、藤太、これを見たかったのであろうが」

将門は言った。

以前に、京でこの話になった時、馬が可愛そうじゃと言って、青竹を指で潰した将門の面影はない。

「武士《つわもの》が、なぐさみに馬をそのような目にあわせるとは――」

藤太は言った。

「何を言うか。おまえは、これを京でおれにやらせようとしたではないか」

あの時、もしも本気で将門がそれをやろうとしたら、自分はとめるつもりであったと言っても始まらない。

将門は、もはや、藤太の知る将門ではない――

そう言った忠平と浄蔵の言葉が脳裏に蘇《よみがえ》った。

「桔梗――」

と、将門は言った。

「はい」

藤太の横に座していた女がうなずいた。

「藤太の杯が空になっておる」

「はい」

桔梗と呼ばれた女が、瓶子を手に取って、藤太が手にした杯に酒を注いだ。

その時――

「お気をつけ下されませ、藤太さま――」

桔梗が、他の誰にも聴こえぬよう、藤太の耳元で囁いた。

「今夜、将門さまは、藤太さまを亡きものにしようとたくらんでおります」

笑うふりをして、上手に口元を袖で隠し、桔梗はそう言った。

「この屋敷のすぐ東に、わたくしが将門さまよりいただいた家がござります。もしもの時は、そこへお逃げ下されませ」

藤太は、うなずきもせず、顔色を変えもしなかった。

充分に想像していたことであったからである。

もしもそうなったら——

逃げる。

そう決めていた。

逃げるとなれば、ひとりの方がよい。

太刀で切り結び、道をつけ、馬に跳び乗って、ひた走りに走る。

将門を倒すことはできぬでも、そのくらいはできよう——そう思っていた。

だが——

今、眼にしている将門はどうだ。

この将門と、この多くの兵たちを相手にしては、うまく逃げおおせることができるかどうか。

弓で矢を射かけられたら——

二本、三本は、刀で切り払うことはできようが、十本、二十本と射かけられたら、その全てを切り払うことなどとてもできることではない。

しかし、夜ならば——

闇にまぎれれば、逃げるのも易かろうし、弓で矢を射かけようにも、相手が見えぬでは、それもできまい。

夜まで待つ——藤太は、そう胆《はら》を決めていた。

将門が、自分を殺そうとするなら、その裏をかいてやればよい。

騙《だま》されたふりをして、夜を待てばよい。

今、この桔梗という女が言ったように、夜に、将門がことにおよぼうとしているのなら、それはかえって都合がよい。

だが、この桔梗という女、信用してよいのか。

「ほれ、桔梗、もう藤太殿の杯が空になっておるぞ」

将門が言う。

「ほんに、わたくしとしたことが――」

桔梗が、杯に酒を注いでくる。

〃くれぐれも、おすごしめさるるな――〃

桔梗が囁く。

桔梗はたくさん注いだようにみせて、実は、杯にほんの少ししか酒を入れてない。

杯になみなみと酒を注いだのは、最初の一杯だけである。

「都では、いずれも気どっておって、女子がこのような席で、かように酌をするなどなかろう。これが、我が坂東《ばんどう》の風《ふう》じゃ」

そう言って、将門は、庭からあがってきた。

元の場所に座し、

「藤太よ、京からは、このおれを成敗せよと言われてきたのであろう」

将門は言った。

「言われた」

藤太は、怯えも見せず、澄ました顔で言ってのけた。

「明日は敵となろうとも、今はまだ、ぬしは我が友じゃ」

「うむ」

「飲め」

将門は言った。

将門自ら瓶子を手に取り、膝で前に出てきた。

藤太は、杯の酒を干してから、将門の酒を受けた。

「ぬしとは、いずれ、どこかで技と力を競《くら》べ合うてみたいと思うていた」

「おれもじゃ」

藤太はうなずいた。

本音であった。

「うむ」

「うむ」

互いに杯に酒を注ぎあって、ふたりでそれを干した。

将門は、以前より、ひと回り、ふた回りも大きくなった分、その迫力も増したようであった。

だが——

藤太は思う。

意外に厄介な相手は、将門よりも、その横で、無言で藤太を見つめている興世王の方であろう。

何を考えているかわからない。

不気味な男であった。

「今夜は、我が屋敷に泊まってゆけい」

将門は言った。

「おう」

「おう」

藤太と将門は、うなずきあって、顔を見合わせた。

二

藤太は、夜具の中で、静かに闇を呼吸していた。

闇を鼻から吸い込み、口から吐く。

自らの体内が、闇で満たされているかのように、藤太は気配を殺していた。

黄金丸を、腹に抱え込み、いつ、どのように襲われてもよいように、すでに浅く抜いている。

しかし――

気になるのは、あの桔梗という女のことである。

あの女、味方か、敵か。

敵であれば、わかる。

あれは、自分を罠にかけているのである。

もしも、討ち損じたら、あの女のもとに来るように。

味方ならば――

わからない。

何故、あの桔梗という女は自分を助けようとしているのか。

考えているうちに、闇の中で意識は尖り、冴えざえと薄い刃物のように研ぎ澄まされてくる。

音が、聴こえた。

重いものが、簀子《すのこ》の上に乗る音だ。

みしり、
と板の軋む音。

はじめは、その一度だけだ。

しばらく、次の音が聴こえてこない。

はじめに聴こえた音が、錯覚であったのかと思えてくるほど、次の音が聴こえてこない。

が、待つうちに、次の、
みしり、
という音が聴こえた。

何者かが、二歩目を踏み出したのだ。

しかし、藤太は、寝息を乱さない。

そしてまた、長い時間、次の音が止まる。

なかなか、注意深い。

こちらの寝息をうかがっているのであろう。

藤太は、わざと寝返りを打ってやった。

一瞬、相手の呼吸の乱れるのがわかった。

しかし、すぐにその乱れがもとにもどってゆく。
藤太が寝返りを打ったことで、一瞬ひやりとしたが、かえって安心したのであろう。
みしり、
みしり、
簀子の上に、さらにふたりが乗ってくる気配があった。
それだけではない。
さらに無数の気配が、庭の闇の中で動いている。
三人、四人という人数ではない。
十人、二十人、それ以上の人間が闇の中でひしめく気配があった。
何人かが、中へ入ってきた。
ひとり。
ふたり。
ふたりが中へ入ると、また、あらたにふたりが簀子の上に乗ってくる。
かなりの人数であった。
〝将門め、それなりにおれのことを安く見てはいないということだな〟
藤太は、闇の中で、白い歯を見せて笑った。
しかし、人数が多ければいいというものではない。
せいぜい、四人か五人。
それ以上は、闇の中での闘いを考えた場合、いらない。

腕のたつ人間が数人いればそれですむ。

昼ならともかく、夜の闇の中では、人数が多いというのは、不利である。よほどうまく統制がとれてないと、多人数は墓穴を掘ることになる。

藤太は、すでに戦法を決めていた。

寝込みをいきなり襲われるのではない。

こちらには、もう、心の準備はできている。

敵は、予定の人数がそろったらしい。

動き出した。

ひしひしと、中に入った十人に余る人間が、藤太を押し包んでくる。

互いに、会話をかわさない。

どうするかは、充分に相談されているのであろう。

他の人間は、どこへ藤太が飛び出してきてもいいように、外で、建物全体を囲んでいるのに違いない。

しゃっ、
しゃっ、
しゃっ、
という音が響いた。

忍び込んできた者たちが、腰から太刀をひき抜いたのであろう。

強い殺気が、肌にぴりぴりと感ぜられるほど、闇に満ちた。

刃が迫ってくる。

迫ってくる方も、ほとんど中の様子は見えていないであろう。

外は、かろうじて、細い月の月明りがある。

その月明りが中へ差し込むのをたよりに、歩いてくるのである。

もう、男たちの息遣いまで感ぜられる距離になった。

今、まさに、夜具の上から何本もの刃が突きたてられようとしたその瞬間——

先に動いたのは藤太であった。

夜具を、いきなり跳ねあげていた。

「わっ」

と声をあげて、跳ねあげられた夜具に、男たちは持っていた刃の先を突きたててきた。

「気づかれたぞ」

しかし、もう、そこには藤太はいない。

藤太は、夜具を跳ねあげた時には、宙に跳んでいた。

跳び、頭上の梁《はり》に手をかけて、身軽くその上に乗っていた。

跳ぶ時に、夜具と共に刀を切りあげ、返す刀で宙から切り下ろしている。

最初の太刀で、下から誰かの顎を切り割り、上から振りおろした太刀で、別の男の頭部を斜めに切り落としている。

ざあっ、
と床に血のしぶく音がして、どさりと人の身体の倒れる重い音がした。

「はわわわっ」

顎を断ち割られた男が、下で喚《わめ》いている。

「どうした」

「やったか」

「ひとりやられた」

「藤太は!?」

仲間の誰かがやられたのはわかった。

もうひとり、やられた者がいるのもわかっている。

それは、仲間か、あるいは藤太か？

夜具を跳ねあげられ、思わず切りつけた時点で、男たちは、互いの位置関係がわからなくなっている。

「どうした!?」

「首尾は？」

外から声がかかる。

その瞬間に、藤太は梁の上から跳び下りていた。

跳び下りざま、ひとりを切り倒し、またひとりを切って、

「そこだ」

「生きてるぞ」

「切れ、切れ」

藤太は、声音を変えて叫んだ。

「なんだと」

「そこか!?」

「いた」

男たちが、剣を振った。

刃と刃の当たる音。

刃が人の身体をざっくりと切る音。

男たちの叫び声。

同士打ちである。

互いに、横にいるのが藤太であると思ってしまった。

すでに、藤太は彼等の中にはいない。

身を低くし、床を転がって、隅の方に動いている。

「気をつけよ」

「藤太め、仲間のふりをして、切ってくるぞ!」

藤太が、声音を変えてまた叫ぶ。

男たちには、その声が誰のものかなど判断している余裕はない。

自分の身を守ろうと、近くの者を切りつける。

闇が幸いした。

藤太は、自分以外は全て敵であるとわかっている。

誰であろうと、切りつければよい。

敵はそうはいかない。

「待て、待て!!」

誰かが叫ぶ。

「仲間を切って何とする」

「藤太は？」

「もう倒したのではないか」

「灯りじゃ、灯りを点《つ》けよ」

「もう、襲撃が知られてしまったからは、松明に灯りをつけよ」

その声の聴こえた方の足元へ向かって、藤太は剣を振った。

足首を剣で断ち切られ、

「ぎゃっ」

声をあげて、どうと男が倒れ込む。

「生きてるぞ」

「それ」

また、同士打ちが始まった。

たまらず庭の方へ、男たちが逃げてゆく。

その中に混じって、藤太も外へ出る。

もう、誰が誰やらわからなくなっている。

藤太は、外の闇を呼吸しながら、白い歯を見せていた。

闇の中で笑っている。

藤太の血が沸き立っている。

「逃げたぞ！」

藤太は、また叫んだ。

「そっちじゃ！」

「逃がすな！」

そう叫びながら、切りかかる。

「わあっ」

「待てっ」

「待てっ」

「仲間ぞ」

庭でも、また同士打ちが始まった。

そのうちに、松明が点《とも》った。

一本。

二本。

それで、ようやく、互いの顔が見分けられるようになった。

「どうじゃ」

「藤太はおるか」

「おらぬ」

皆が、声を掛けあう。

「もう、切り殺したのではないか」

倒れている者たちを見れば、いずれもそれは仲間ばかりで、もう死んでいる者もいれば、切られて呻いている者もいる。

四十人余りの人間で囲んで、無傷でいるのは半数にもならなかった。

「だから言ったのじゃ、はじめから灯りを点して襲った方がよいとな」

「ばか」

「今、そんなことを言うて、何になる」

「なに」

男たちは、殺気立っている。

「逃げたか、藤太め」

藤太の姿は、どこにもなかった。

三

藤太は、すでに外にいた。

いったん逃がれはしたが、まだ完全に逃げおおせたわけではない。

明るくなれば、いずれは見つかってしまうだろう。

馬が必要であった。

馬舎《うまや》の方へ行こうとしたが、その方角に松明の灯りがあるのを見て、藤太はそれをやめた。

灯りの中では、すぐに自分の正体がわかってしまうであろう。

すでに、黄金丸は鞘《さや》におさめてある。

抜き身の太刀を握っていては、松明の灯りや月明りを刃が映して、居所が知られてしまうからだ。

闇の中の、あちこちに、松明の灯りが見えている。

総勢、百人は下るまい。

さらに人数が増えている。

どうする?

そう考えた時、脳裏に浮かんだのが、桔梗の言葉であった。

〝この屋敷のすぐ東に、わたくしが将門さまよりいただいた家がござります〟

藤太の足は、東へ向かった。

四

おそらく、これであろうと思われる屋敷があった。

灯りはどこにも点ってはいない。

さほど大きくはないが、きちんとした築地塀《ついじべい》に囲まれていて、月明りに門も見てとれた。

「はて――」

どうしたものかと思案していると、

「俵藤太さまでござりまするか」

門の陰から声がかかった。

女の声であった。

門の陰から、女らしい人影が月光の中に出てきて、

「藤太さまでござりまするか」

また声をかけてきた。

太い松の樹の陰に身を潜めていた藤太であったが、

「藤太だ」

そう言って女の前に歩み出た。

その女が、あの桔梗でないことは、すでに声でわかっていた。

桔梗の侍女であろう。

「藤太さま、桔梗さまがお待ちでござります」

女が、頭を下げ、

「こちらへ」

藤太をうながした。

女が門を押すと、扉が浅く開いた。

そこから、藤太は女と共に中に入っていった。

屋敷の中に上ると、すでに灯りが点されており、あの女、桔梗がそこに座していた。

「お待ち申しあげておりました」

桔梗が言った。

桔梗の前に座してから、

「待っていたとな?」

藤太は言った。

「はい」

桔梗はうなずき、

「俵藤太さまなれば、きっと御無事であろうと思うておりました」

そう言った。

「そなたが、教えてくれたおかげじゃ。礼を言うておく」

「いえ、ただのお方であれば、わたくしがいくら何を教えたとて、とうてい生きてはあそこを逃がれられなかったことでしょう。藤太さまであればこそ、できたこと――」

「しかし、それにしても何故、このおれを助けてくれたのだ――」

「あなたさまに、将門さまをお救いしていただきたかったからでございます」

「将門を?」

「はい」

「救うとは、どういうことだ」

「今の将門さまは、以前の将門さまではございませぬ」

「うむ」

藤太はうなずいた。

「このおれも、そう思うておる」

「わたくしは、将門さまの側妾《そばめ》でござります」

「ほう」

「もともとは、平良兼さまの側妾の連れ子でござりましたが、将門さまに見初められて、おそばにお仕えするようになりました」

「その桔梗どのが、何故、このおれに将門を救えと――」

「そもそも、こたびのことの起こりは、平一門の争い事でござります」

「それは、承知しておる」

「それが、このようになってしまったのは、将門さまが、そそのかされているからでござります」

「将門が、そそのかされているとな。誰にじゃ――」

「興世王でござります」

「あの男か」

藤太は言った。

将門と会っている間、ほとんど言葉を発しもせず、ただ黙って自分を見ていた男――

「あの男が現われてから、将門さまは変わられてしまったのでござります」

「たしかに、たいそうな変わり様であったが、それが、あの興世王の――」

「そうに違いござりませぬ」

「しかし――」

そう言って、藤太は口をつぐんだ。

将門を救うと言っても、もはや、救いようがない。

味方をして、共に都と闘うことはできても、いずれは都に滅ぼされることになろう。

誰に、どうそそのかされようが、将門が都に弓をひいた事実は動かしようがない。

都の定めた国守を追い出し、新しい国守を立て、自ら新皇と称したのだ。

もはや、どういう言いわけもない。

「救えぬな」

藤太は言った。

「将門が京の都を滅ぼし、新しい都を造るか、将門が都に滅ぼされるか、そのどちらか以外に道はなかろうよ」

「しかし、あの興世王を倒せば、将門さまはまたもとの将門さまに――」

「もどるというか」

「はい」

「しかし、もどったからとて、何も変わらぬぞ」

藤太は言った。

もとの将門にもどったからとて、反逆者は反逆者である。

すると――

「そんなことはございませぬ」

桔梗は、強い口調で言った。

「人として、死ぬことができます」

「ほう……」

「今の将門さまは、人ではございませぬ」

「身体は、鉄《くろがね》のごとくに硬く、切っても突いても、その身体に傷がつかぬとか――」

「はい」

「その左眼に、瞳がふたつあるとも言われている」

「その通りでござります」

「将門と同じ姿をした者が、六人――将門を合わせれば七人もいるという話だ」

「それも、その通りにござります」

「性《たち》が、残忍になった」

「はい」

「そのどれもこれも、興世王の仕業というか――」

「いかにも」

桔梗はうなずき、

「藤太さまには、興世王のことはお聴きおよびでござりましょうか」

訊ねてきた。

「坂東に下るにあたっては、ひと通りのことは聴いてきた」

経基が、興世王と将門に怯え、都へ逃げ帰って、あれこれと報告をした。

それを、藤太は聴かされている。

「なれば、おわかりでございましょう。将門さまが、以前の将門さまでなくなられたのは興世王がやってきてから――」

「うむ」

「ちょうど、その頃、将門さまは、君《きみ》の御前《おまえ》さまとお子たちを、葦津江で良兼殿に討たれあそばされ……」

「であったな」

「たいへんなお悲しみの最中に興世王がやってきて、将門さまに何かをしたのでございます」

「何をした？」

「わかりませぬ」

桔梗は、首を左右に振った。

「わかりませぬが、何かをしたのは確かなことでございます」

「うむ」

「将門さま、戦場に現われる時には、その数七人――されど、その中から本物の将門さまを見分ける方法がございます」

「なに？」

「影でございます」

「影とな」

「影が映るのは、七人のうち、将門さまの御本体、ただ一人《いちにん》のみ――」

「何と――」

「さらに、鉄《くろがね》のお身体でも、ただひとつ、生身の場所がございます」

「それは、どこじゃ」

藤太が訊ねた時、

「桔梗さま」

あの侍女がやってきた。

たいへんにあわてている様子である。

「何事じゃ」

「ただいま、将門さま、ふいのお渡りにて、やってまいりました」

「将門さまが」

「はい」

桔梗は、すぐ藤太に向きなおり、

「すぐに、どこかにお隠れ下されませ、藤太さま」

そう言った。

藤太は、もう、黄金丸を持って立ちあがっている。

「家の裏に、鞍《くら》をつけた馬を一頭つないでござりますれば、隙を見て、それにお乗りになってお逃げ下されませ」

「わかった」

藤太がうなずいた時には、重い足音が、こちらに向かってどしどしと近づいてくるのが聴こえた。

「桔梗、おるか」

将門が入ってきた。

なんと、同じ姿の将門が七人であった。

この時には、藤太は、几帳《きちょう》の陰に身を隠している。

将門は、あたりを一瞥《いちべつ》し、

「これ、桔梗」

桔梗を睨んだ。

「突然にやってきたというに、身づくろい整え、しかも、灯りまで点《とぼ》してあるというのはどういうわけじゃ」

おそろしい声で、将門は言った。

五

「先程来より、何やら騒がしい御様子でござりましたので、いつ、何事がありましょうともお役に立てるよう、仕度《したく》させていたものでござります」

桔梗は言った。

「仕度とな？」

将門のこわい眼が、油断なくあたりに動いている。

その眼のなかに、灯火が映って揺れている。

「――にしても妙じゃな」

将門がつぶやく。

「妙じゃな……」

「妙じゃな……」

他の将門が、同じようにつぶやく。

それを、藤太は、几帳の陰からうかがっている。

よくよく眺めていると、七人いる将門のうち、六人までは灯火の影が映らない。

影のあるのはひとりだけである。

桔梗の言った通りである。

将門、いずれも鎧《よろい》に身を包み、頭部には鉄《くろがね》の兜《かぶと》をかぶっている。

すでに、藤太は黄金丸の鯉口《こいぐち》を切っている。

いつでも抜ける。

いざとなったら、将門にひと太刀あびせて裏手へ走るつもりであった。

はたして、この黄金丸で将門の肉を断つことができるかどうか。

あの硬い大百足《むかで》の胴でさえ切ることができた太刀である。

その後、琵琶湖に二千年棲むという神蛇が研ぎなおして、あらためて授けてくれた代々の重宝である。

この自分が、気合を込めて打ち込めば、切れぬものなどない——そう思っている。

しかし、相手は異形の姿となった将門である。

切れるか!?

〝試してみるまでじゃ〟

藤太は覚悟している。

何やら思うところのありそうな将門に、

「こたびのこの騒ぎは何でござりましょう」

逆に桔梗が問うていた。

「藤太めを、討ち損じたのさ」

将門は言った。

「やはり、藤太さまを襲われたのですね」

「あの男は、このおれを殺しに来たのだぞ」

「しかし、あなたに呼ばれ、ただ独りでやってこられました」

「そこが、あの男の凄いところさ。殺し甲斐がある」

「お変わりになられました」

「何!?」

「将門さま、あなたさまのことでござります」

「おれの?」

「以前の将門さまなら、ただ独りでやってこられた藤太さまには、ただ一人《いちにん》で闘いを挑んでおられたことでしょう」

「桔梗よ、哀しみと憎しみは、人を変えるのじゃ……」

「――」

「変わりとうて変わるのではない。変わらずにおれぬから変わるのさ。もはや、もどることはできぬ」

「………」

「鬼とはそういうものぞ」

将門は、ぐつぐつとはらわたの煮えるような声で言った。

そこへ、ぱたぱたという小さな足音がして、赤い小袖を着た七《なな》つになったかならぬかという歳頃の童女《めのわらわ》が走り込んできた。

「おお、滝子姫」

座したまま、桔梗が両袖の中に包むように、その童女を抱き寄せた。

「父上さま、母上さま、何をなされていらっしゃるのです」

桔梗の腕の中で、童女が言った。

「滝子は、争いごとは嫌でござります。父上さま、母上さまと仲ようして下さりませ」

童女の言葉に、

「おう、姫よ、姫よ。父はそなたの母と争うているのではないぞ。ささ、そなたは今、ここにいてはいかん」

将門は言った。

「誰《たれ》か、誰《たれ》ぞこれへ――」

桔梗が声をあげると、

「はい」

と声がして、そこへ、藤太を案内してきた侍女が姿を現わした。

「滝子を……」

桔梗が言うと、すぐに事情を察したように侍女はうなずいた。

「滝子様、これへ。母上様と父上様は、だいじなお話の最中でござりまする故……」

童女の手を引いて、向こうへ姿を消した。

「さて、桔梗よ、続きじゃ……」

将門が言った時、また足音がした。

闇から這い出てくるように、そこに姿を現わしたのは、黒衣に身を包んだあの興世王《おきよおう》であった。

興世王は、黒いもののけのように、そこにぬうっと立った。

「桔梗さま――」

興世王は、にいっと嗤って、

「ひとつ、お尋ねしたきことがござります」

そう言った。

「何でしょう」

「ただ今、裏手を見てきたのでござりまするが、鞍を乗せ、いつでも駆けることのできるようになった馬が繋がれておりましたが、あれは何でござりましょうかな」

「それは……」

桔梗が言葉を詰まらせた。

「それは真実《まこと》か!?」

将門が言った。

鎧の下から垂れていた髪が、ざわりと立ちあがった。

「真実《まこと》でござりまするよ、将門殿――」

興世王は言った。

将門は、桔梗を睨み、

「どういう理由じゃ」

声をあげた。

その時――

「こういう理由《わけ》じゃ!」

声をあげて、藤太は几帳の陰から跳び出していた。

黄金丸を引き抜きざまに、真上から将門の頭部目がけて打ち下ろしていた。

鈍い金属音がして、
ばかり、
と、将門が被《かぶ》っていた兜がふたつに割れていた。

ふたつになった兜が、音をたてて床に転がった。

しかし、
将門はまだ立っている。

鉄の兜を、黄金丸がふたつに割ったというのに、将門の頭部はそのままであった。

「おう」
と応えて、七人の将門が、同時に抜刀していた。
確かに頭部まで断ち割らずにはおかない一撃を打ち込んだはずであった。
だが、将門はまだ立っている。
「いたなあ、藤太!」
兜の落ちた将門の頭部から、
ざわり、
ざわり、
と、長い髪の毛が立ちあがって、黒い後光の如くに広がってゆく。
その髪の先端の一部が、灯火に触れて、
ぽっ、
ぽっ、
と赤く燃えあがり、ちりちりと焦げてゆく。
凄まじい光景であった。
しかし藤太はひるまない。
「この屋へ忍び込み、女を脅して、おれが馬を用意させたのじゃ」
藤太は言った。
「今も、もしも余計なことを言ったら、後ろより切り殺すぞと女を脅していたのだが、馬が見つけられたとあっては、これまでじゃ」

「藤太さま！」

桔梗が声をあげた。

七人の将門が、いっせいに藤太に向かって太刀を打ち下ろしてきた。

藤太の持った黄金丸が一閃した。

黄金丸がねらったのは、将門でも、興世王でもなかった。

黄金丸が切ったのは、灯火の芯であった。

ふいの闇となった。

「おのれ、藤太！」

走る音。

ものの倒れる音。

女の悲鳴。

それを後方に聴きながら、藤太は闇の中を駆けた。

六

「それで、どうにかこうにか、おれは逃げもどってきたのさ」

藤太は言った。

「なるほど」

藤太の話を、座して聴いているのは平貞盛である。

「ま、いずれにしてもおれの生命のあったのは、桔梗殿のおかげよ——」

将門の手の者が、藤太を待ち伏せていたのは、屋敷の裏手であった。

そこに用意された馬のところへ、藤太がやってくるであろうと、興世王がそこへ手を回したのである。

藤太を闇の中で追う者たちも、裏手へ回った。

しかし、藤太はその逆を衝《つ》いた。

表へも回らず、塀を越えて、屋敷の横手へ逃《の》がれ、そこにあった竹藪の中に駆け込んだ。

手の薄いところを捜し、そこへ切り込んで馬を奪った。

その馬に乗り、月明りの中を駆けに駆けて、将門の手から逃がれてきたのである。

「もはや、あれは、以前の将門ではない」

藤太は、貞盛に言った。

「では、我らと共に？」

「将門を討たん」

きっぱりと藤太は言った。

「しかし、影のある将門が、真物《ほんもの》で、あとはまやかしとは、よきことをうかがい申した」

「うむ」

「他の六名の将門にはかまわず、影のある将門一人を討つべし」

「おれも、覚悟を決めた」

「だが、くれぐれも、将門の生身の場所を聴き逃がしたというのは残念なことでありましたな」

貞盛の言葉に、

「ああ」

とうなずいた藤太であったが、その脳裏にはひとつの光景が焼きついていた。

あの時——

灯火を切って、あたりが闇になる寸前、

「藤太さま！」

と叫んだ桔梗の姿である。

その時、桔梗は、右手の人差し指で、自分の右耳の上——右の顳顬《こめかみ》のあたりを指差していたのである。

それには、将門も、興世王も気づいてはいまい。

あれは、何であったのか。

桔梗が、途中まで言いかけて言えなかったこと——将門の身体の中で唯ひとつ生身の部分、それを桔梗の指は示していたのではなかったか。

「戦《いくさ》じゃ」

藤太は言った。

「おう」

貞盛が言った。

七

藤太、貞盛の軍勢と、将門軍との戦いは数カ月に及び、ついに年を越した。

坂東武者軍団は、強い。

馬に乗れば千里を駆け、剣を握っては生命を惜しまない。

しかし、藤太、貞盛の率いるのも、その中心は坂東武者軍団である。

藤太、貞盛の軍が、将門の軍勢を押した。

藤太、貞盛が弓を射れば、次々に敵の武者が倒れてゆく。

まだ、敵の矢が届かぬうちに、藤太、貞盛の矢が届いてしまうのである。

無駄矢がない。

ひとつ射れば、必ずひとりが倒れる。

年明けた一月に、将門討伐の征東大将軍として、参議藤原忠文が任命され、副将軍として源経基、藤原忠舒が戦いに加わった。

これによって、将門軍は次々に崩れはじめた。

二月になって、藤原玄明、坂上遂高が常陸国で討たれた。

平将頼と藤原玄茂は相模国で討たれ、将武は甲斐国で、それぞれ誅《ちゅう》に服した。

そして、興世王は、上総国で討たれ、首にされたのである。

後は、将門軍本隊だけが残った。

この、残った将門軍が手強かった。

将門は、鬼神そのものであった。

どんなに、有利に戦を進めていても、いったん将門が姿を現わし戦場に入って刀をふるうと、たちまち形勢が逆転する。将門軍は息を吹きかえし、勢いを盛り返してしまうのである。

藤太、貞盛が弓を射ても、その鉄《くろがね》の身が、矢を跳ね返してしまう。

馬上で、からからと将門が嗤う。

「痒《かゆ》いわ、藤太——」

将門が言う。

「そんな矢なぞ、いくら射ても、蝿がとまったほどにも感じぬわ」

あの時、桔梗が指で示した場所を弓でねらっても、そこは、前以上に分厚い鉄の兜を被《かぶ》っているため、矢が通らない。

「我、一騎にても、都まで駆けて天子を誅したてまつらん」

将門が、馬上にて叫べば、

「おう」

と戦場に声があがる。

これを聴いた貞盛は、

「藤太よ」

覚悟を決めた声で言った。

「将門、殺すことかなわぬなら、捕えて千尺の穴を地にうがち、そこに埋めてやるまでじゃ」

貞盛は、馬上で太刀を抜き放った。

「いやああっ」

馬の腹を蹴って、駆けた。

「おう、貞盛じゃ」

「討ちとれい」

わらわらと寄ってくる雑兵を、蹴ちらし、刀ではらい、貞盛は将門の正面に馬で立った。

「来たか、貞盛」

将門は言った。

その将門の周囲に、やはり六騎の馬に乗った将門が現われて、

「来たか、貞盛」

「来たか、貞盛」

「来たか、貞盛」

「来たか、貞盛」

「来たか、貞盛」

「来たか、貞盛」

口々に言った。

「無駄じゃ」

貞盛は言った。

「すでに正体は知れておる。六人は影じゃ。ぬしこそが将門の本体ぞ」

中央にいる将門に向かって、貞盛が太刀を打ち下ろした。

その太刀を、将門は、かわしもせずに平然と受けた。

将門の肉体が、貞盛の会心の一撃を跳ね返した。

「よう来た、貞盛」

将門が言った。

「一騎打ちぞ」

「望むところじゃ」

将門が、馬上で刀を抜き放った。

「かあ」

「おう」

互いに馬を操りながら、一合、二合と手にした刀で打ち合うも、たじたじとなっているのは貞盛であった。

もはや、夕刻であった。

貞盛の刀と将門の刀が宙でぶつかって、火花を散らした。

将門の方は、貞盛が切りつけてくるのを、かわしもせずに、逆に貞盛に切りつける。

自らの身体を庇《かば》う必要のない分、将門の方が有利である。

すぐに、貞盛は、将門の刀を受けるだけで精いっぱいとなってしまった。

「ほれ、どうじゃ」

「なんの」

「息があがっておるぞ、貞盛殿」

「くむう」

それを、藤太が、むこうから眺めている。

見ていれば、今にも貞盛が将門にやられてしまいそうである。

しかし、どうすればよいのか。

その時、藤太の脳裏に蘇ったのが、浄蔵の言葉であった。

「南無八幡――」

思わず、藤太は、口の中でその言葉をつぶやいていた。

と――

天のどこかで、
ぶうん、
という鏑矢《かぶらや》の鳴る音がした。

藤太は、天を見あげた。

陽の沈みかけた西の空に、きらりときらめくものがあった。

黄金色にきらめくその光が、たちまち藤太目がけて近づいてくる。

「むう」

と藤太が声をあげた時には、藤太の右手にその光が吸い込まれた。

「これは!?」

右掌を見やった藤太は驚いた。

なんと、自分の右掌に、一本の鏑矢が握られていたのである。

あの時、浄蔵の手に預けていった自分の矢であった。

「これか!」

藤太は、左掌に弓を握り、矢をつがえ、弦《つる》を引きしぼった。

あちらでは、将門と貞盛が戦っている。

今にも貞盛がやられそうであった。

「あっ」

と貞盛の声があがった。

将門に頭を打たれ、兜がはずれて地に転がったのである。

「貞盛、観念せよ」

将門が、貞盛に向かって刀を打ち下ろした。

「なんの」

身をのけぞらせ、貞盛は、その刀をかわそうとした。

かわしきれなかった。

将門の太刀が、貞盛の右の額を、ざっくりと切っていた。

「おう!?」

声をあげて、貞盛は馬から地に転げ落ちていた。

上から、将門が、貞盛を切り伏せようとする。

もはや、猶予はなかった。

将門の頭部——桔梗の教えてくれた、右耳のすぐ上あたりにねらいを定め、ひょうと射た。

ぶうん、
と鏑矢の音がして、今しも、貞盛に刀を打ち下ろそうとした将門の頭部に、
ぶつり、

と藤太の放った矢が突き立っていた。

分厚い、鉄の兜を射抜いて、矢が、将門の右耳の上に突き刺さっていたのである。

「ぐわっ」

声をあげて、将門が馬から転げ落ちていた。

同時に、六頭の馬の上から、六人の将門の姿が消えていた。

「平将門、この俵藤太が打ち取ったぞ」

藤太が叫んでいた。

これで、将門軍は敗走した。

「やられた」

「将門様が討たれたぞ」

次々に将門の軍勢の中から逃げ出す者が現われ、ついには全軍が逃げはじめた。

その騒乱の中を、藤太は黄金丸を持って、将門が馬から落ちた場所へ向かって駆けた。

駆けつけると、額を押さえて、貞盛が立ちあがるところであった。

「貞盛殿」

「無事じゃ」

自らの刀を杖がわりにして、貞盛が立った。

その足元に、将門が倒れている。

兜は、みごとに割れて、将門の頭部も顔も露わになっていた。

将門は、身体の左側を下にして、横倒しになっている。上になった頭の右の顳顬《こめかみ》に、浄蔵の矢が突き立っている。

驚いたことに、まだ、将門は生きていた。

起きあがろうとした将門の首に、

「逃がさん」

杖にしていた刀を握って、貞盛が打ちかかった。

その刀がはじかれた。

矢に射抜かれたとはいえ、まだ、将門の不死身性は残っているらしい。

「無駄よ、わしは死なん」

将門が起きあがってくる。

「生きて、後の世まで都に仇《あだ》をなさん……」

「なんと」

貞盛が、刀で突いた。

しかし、刃が通らない。

将門が起きあがってくる。

「やめよ、将門」

藤太は言った。

「おぬしひとりが生き残ったとて、何となる?」

言い聴かせるように、藤太は言った。

膝を突いて、将門は片膝立ちになった。

さらに立ちあがろうとする。

その身体がぶるぶると震えた。

「立つな、将門――」

藤太は、優しい声で言った。

「すでに、夢は終《つい》えたのじゃ……」

藤太の眼から、太い涙がこぼれ落ちた。

「何故《なにゆえ》、泣く……」

将門が、藤太を見あげながら言った。

「将門、ぬしは、このおれぞ」

「なに」

「ぬしがやらねば、あるいはこのおれが、ぬしと同じことをしていたやもしれぬ。いや、きっとしていたろう……」

「――」

「あるいは、ぬしと共に弓を取って、都に弓引いていたやもしれぬ」

「しなかったではないか、しなかったではないか、藤太……」

「その通りじゃ……」

藤太は言った。

「何故じゃ、何故、我と共に都と戦わなんだ」

藤太は、言葉がない。

「——運命《さだめ》じゃ」

やっと、そうつぶやいた。

そう言うしかない。

「運命？」

「おれは、あるいはぬしと共に弓を取ろうと思うて、ここまでやってきた。それは本心じゃ——」

「よう言うわ」

「真実《まこと》じゃ」

「——」

「しかし、ぬしは、あまりに変わり果てていた。いったい、何があったのじゃ。もしもぬしが、かつて都で会うたあの時のままの将門であったのなら——」

「なら、どうだと言うのじゃ」

「言うても、詮《せん》なきことじゃ」

「言い出したのは、おまえぞ、藤太……」

将門が、立ちあがろうとする。

身体が震える。

立ちあがれない。

「やめよ、将門——」

ふふん。

と、将門が、唇を歪めて嗤った。

「我、死しても、鬼となりても……」

立ちあがりかけ、また、膝を落とす。

火のような息を吐いて、将門が喘ぐ。

「鬼となりても、仇をなさん……」

歯を、がちがちと鳴らした。

将門の髪が、ぞわり、ぞわりと、宙に立ちあがりはじめた。

暗くなりかけた大気の中で、髪の毛の中に青い炎がゆらゆらと燃えあがる。

「藤太――」

将門は言った。

「おまえ、桔梗を切ったな……」

将門が、歯を軋らせた。

「何じゃと、おれが桔梗殿を?」

「あの時、逃げるついでに、桔梗にひと太刀あびせていったろうが。灯りを点けた時には、桔梗は倒れていたわ」

「まさか」

藤太は言った。

あの時、確かに闇の中で黄金丸を振った。

人も切った。

しかし、桔梗を切ってはいないはずだ。

だが、あの時、女の悲鳴を耳にした。

もしや、その時――

だが、それは、自分が黄金丸を振った時ではない。

誰かの刀が、あやまって桔梗を切ってしまったのではないか――しかし、それは自分の刀ではない。

「おれではない」

「おまえだ」

「おれは、切ってはおらぬ」

「見た者がいる」

「誰じゃ」

「興世王じゃ」

「なに⁉」

「あの男が、闇の中で、おまえの太刀が確かに桔梗を切るのを見たと言うたのじゃ」

「嘘じゃ。闇の中で、何故それが見えるのじゃ」

「あの男は特別じゃ」

「特別？」

「それに、自分の居所を言うたら殺すと、桔梗を脅していたのであろう。これはおまえが言うたことぞ――」

「それは——」

桔梗を庇うためのものであったのだと藤太は言おうとした。

しかし、それを言うても、もはやこの将門に届かぬであろう。

「それは——何じゃ。言えぬのか。言えねばやはりおぬしが桔梗を殺したのじゃな、藤太
——」

「違う」

藤太は、それしか言えなかった。

「桔梗殿は、死んだのか」

「まだ生きておる。しかし、明日はわからぬ」

「——」

「このおれが、ぬしを殺してやろう。藤太よ——」

まだ、将門は立ちあがろうとしていた。

身体が、がくがくと痙攣《けいれん》する。

「むう」

白目をむいた。

くるりと眼球が裏返り、すぐにまた黒目がもどってくる。

「どうにも邪魔じゃな、この矢が——」

右の顳顬に刺さった矢を右手で握り、将門はそれを引き抜こうとした。

もしもそれが引き抜かれたら——

また、もとの鉄《くろがね》の身体となって、将門はあばれ出すかもしれなかった。

「させぬ」

藤太は、黄金丸で切りつけた。

矢の柄を握っていた将門の右腕が、どさりと地に落ちた。

血が、噴きこぼれた。

「な、何故じゃ」

将門が、眼をむいた。

「何故、この身体に刃が通るのじゃ」

藤太を見あげた。

「貞盛の刀は跳ね返したに、何故、ぬしの刀は――」

ふいに、気がついたように、将門は呻いた。

「そうか。黄金丸じゃな。その神気のこもった剣が、我が肉を裂くのじゃな」

にいっ、
と嗤った。

「しかし、一度は、その黄金丸とて、この鉄の身体ははじいたのじゃ。そうか、この矢じゃな。この矢さえ抜けば、たとえ黄金丸であろうとも、通させはせぬ――」

今度は左手で、矢を抜こうとした。

「やめよ！」

藤太が、黄金丸を握って叫ぶ。

「やめぬ」

将門が、左手で矢を握った。

抜こうとする。

「かあっ」

藤太が黄金丸を打ち下ろすと、将門の左腕が落ちた。

さきほど落とされた右腕も、今地に落ちたばかりの左腕も、まだ、くねくねと土の上で動いている。

藤太を見あげながら、将門はぎりぎりと歯を嚙み鳴らした。

「藤太——」

将門は言った。

「我を殺せ。我が首を落とせ。首となれば、飛んで都に仇をなしてくれようぞ」

「将門……」

すでに、見るにしのびない。

いずれは、首を落とされる身であった。

このままでは、将門も苦しむばかりである。

「楽にしてやろう、将門」

藤太は、黄金丸を振りあげた。

「許せ」

将門の首を斬り落とした。

が――

胴から離れた瞬間、首は宙を飛んで藤太の喉笛に嚙みつこうとした。

「藤太殿！」

貞盛が叫んだ。

「むう」

左腕で、藤太は自分の頸《くび》をかばった。

その藤太の左腕に、将門が歯をたてて嚙みついていた。

「くむう」

黄金丸を地に突き立て、右手で将門の髪を摑んで、藤太は自分の左腕から将門の首を毟《むし》り取った。

将門の首は、藤太の左腕の肉を嚙み千切って離れた。

「大丈夫か!?」

貞盛が駆け寄ってきた。

尋常の者であれば、恐ろしさに気が狂っているところであるが、藤太は額に汗を浮かべ、歯を嚙みしめているだけである。

その頃には、将門の軍を蹴ちらして、ふたり、三人、五人と、貞盛、藤太の兵が集まってきていた。

「大丈夫じゃ」

藤太は、そう言って、首を地に下ろした。

地に置かれてから、将門の首が、ぎろりと眼を動かした。

藤太を睨んだ。

「おう」

「なんと」

兵たちが声をあげて後ずさった。

なんと将門は、首だけになってもまだ生きていたのである。

と——

さらに驚くべきことが起こった。

地に倒れていた将門の胴が起きあがり、走って逃げようとしたのである。

都の方角であった。

「わっ」

と声をあげて、兵たちは跳び下がった。

「ぬうっ」

藤太は、地に突きたてていた黄金丸を抜いて、

「しゃあっ」

「あたあっ」

駆けてゆこうとする将門の両足を、黄金丸で切り落とした。

笑い声が聴こえた。

地で、からからと声をあげて、将門の首が嗤っていた。

「どうじゃ、藤太、どうじゃ」

将門の首が言った。

「おれは、首になっても生きておるぞ」

嬉々として、首は言った。

「将門よ、とうとう、人外《にんがい》のものに成り果てたかよ」

藤太は言った。

藤太は、兵たちの見ている前で、まだ動いている将門の胴に黄金丸で切りつけ、さらにふたつに、よっつに断ち割った。

「これらを、関八州の、それぞれ離れた地に埋めよ」

藤太は言った。

「首は、塩漬けにして、都まで持ってゆく」

藤太は言った。

「おう、それは助かるわ。わざわざおれの首を都まで持っていってくれるとはなあ――」

将門の首は言った。

八

将門の首は、平将頼、多治経明、藤原玄茂、文屋好立、平将文、平将武、平将為、そして興世王の首とともに都に持ってゆかれ、鴨の河原にさらされた。

この九つの首のうち、将門の首だけが生きていた。

生きて、しゃべり続けた。

「我鬼となりて都を呪わん」

「我が怨み絶ゆることなし」

これを畏れて、ついに首を見物にゆく者はいなくなった。

帝もまた、首を見にゆかなかった。

ただ、絵師に、これらの首を写させて、その絵をごらんになられただけであった。

十日さらされた首をかたづけるため、役人が行ったところ、なんと、将門の首だけが、獄門台の上から消えて失《な》くなっていた。

「首だけ飛んで、坂東にもどって行ったのじゃ――」

そのように言う者もあった。

「ゆかりの者の誰ぞが、首を盗んで持って行ったのであろう」

このように言う者もあった。

ともあれ、将門の首だけが失くなった。

残りの首の全ては、地に埋められ、葬られたが、将門の首がどうなったか、それは誰にもわからなかったのである。


〈以下下巻へ〉

初出掲載
「オール讀物」二〇〇三年二月号〜二〇〇五年三月号
『岩戸ノ姫鬼譚』を改題

陰《おん》陽《みよう》師《じ》 瀧《たき》夜《や》叉《しや》姫《ひめ》・上
二〇〇五年九月三〇日 第一刷
著者 夢枕《ゆめまくら》 獏《ばく》
発行者 白幡光明
発行所 株式会社文藝春秋
東京都千代田区紀尾井町三―二三 郵便番号一〇二―八〇〇八
大代表電話（〇三）三二六五―一二一一
印刷 凸版印刷
製本 加藤製本
定価はカバーに表示してあります
万一、落丁乱丁の場合は送料当方負担でお取替えいたします
小社製作部宛お送り下さい

ISBN4-16-324270-8

夢枕　獏

陰陽師《おんみょうじ》シリーズ（＊印は文春文庫版もあり）

陰　陽　師＊

百鬼夜行の平安時代、幻術を駆使する陰陽博士・安倍晴明の朝廷における権力は絶大であった。闇と鬼の世界を奇想天外に描く怪異譚

陰　陽　師　飛天《ひてん》ノ巻＊

都を魔物から守れ。百鬼夜行の平安時代、風水術、幻術、占星術を駆使し、難敵と立ち向かう安倍晴明。人外魔境の闘い。軍配はどちらに

文藝春秋刊